가장
보통의
가족

고양이 모리,

딸 소은이와 함께 자라는

수의사의 육아육묘 일기

가장
보통의
가족

고양이 모리,

딸 소은이와 함께 자라는

수의사의 육아육묘 일기

글·사진 김동건

야옹서가

이제는 아이들이 훌쩍 커 버려서, 눈물을 주룩 흘리며 '난 제대로 된 인생을 살 거야! 무엇보다 훌륭하고 멋있는 아빠가 되어야지!'라고 다 짐했던 첫 만남의 기억이 가물가물하다. 그때는 가끔 첫째 아이에게 "미안해. 아빠도 아빠가 처음이라 잘 모르는 게 많아. 근데 생각해보 니 너도 누구의 아들인 게 처음일 텐데…. 이거 우리 둘 다 참 수고가 많고 난감하고 그러네…. 그래도 내가 나이가 많으니깐 미안한 게 더 많아. 미안해"라고 사과인 거 같으면서도 아닌 이상한 넋두리를 늘어 놓고는 했었다. 내가 우리 아이들을 처음 만났을 때의 그 기분과 다짐 을 가끔 기억할 수 있다면 조금 더 나은 나일 수 있었을 텐데….

이 책을 읽고 조금은 무뎌진 내 마음에 강한 악력이 작용해 부들부들 해진 느낌이 들었다. 어렵고 난처하고 기쁘고, 행복하지만 마냥 즐겁 지만은 않은 이 기묘하고 기괴한 기분. 그래도 웃음과 눈물이 끊이지 않는 '아빠'라는 타이틀. 그래, 난 누군가의 아빠니깐! 오늘도 스스로 내 멱살을 붙들고 앞으로 나아간다! 가자 이놈아!!!

배우 봉태규

보통의 날이 주는 행복

어릴 적 앨범을 자주 들춰 본다. 사진 속 얼굴은 전부 웃고 있어서 모두 행복해 보일 뿐, 아픔과 슬픔 같은 건 전혀 없어 보인다. 다정한 모습으로 찍힌 부모님의 사진, 행복한 모습으로 찍힌 가족사진을 보고 있으면 마음이 편안해진다. 사진 속 나는 화목한 가정의 마냥 행복한 아이 같아서, 사진에 찍히지 않은 어두운 시간은 아무것도 아닌 것처럼 느껴진다. 그래서 가슴이 답답할 때 앨범을 보고 있으면 꼭 마음에 약을 바르는 기분이 든다.

처음 글쓰기를 제안받았을 때 '내 이야기에 누가 관심이 있을까' 하는 생각에 선뜻 답하지 못했다. 하지만 고민 끝에 용기를 내기로 했다. 내가 옛 사진을 보며 위로를 얻듯이 소은이에게 먼 훗날 위로가 될 이야기를 선물하고 싶었다. 무엇보다 시간이 지나면서 점점 희미해질 딸의 어린 시절 기억 속에 모리의 자리를 뚜렷하게 남겨주고 싶었다. 그래서 어설프고 투박하지만 마음을 담아 글을 썼다. 이 책을 읽는 이마다 가족을 떠올리며 따스한 추억에 잠기고, 사랑스러운 고양이와 마음을 나누는 포근한 상상을 하며 기분이 좋아진다면 더 바랄 것이 없겠다.

결혼하고 지난 8년 동안 '남편, 형아, 아빠'라는 세 가지 이름을 얻었다. 새로운 이름을 얻을 때마다 책임감이 더해졌고 어깨는 점점 더 무거워졌다. 하지만 그 무게감이 싫지 않았다. 사랑하는 가족을 위해 힘쓸 수 있다는 것이 감사했고, 그만큼 더 가치 있는 사람이 된 것 같았다. 되고 싶은 남편, 형아, 아빠의 모습을 그려보는 일이 재미있었고, 부족한 내게 실망할 때도 있었지만 그 이름에 어울리는 삶을 살기 위해 노력하는 일은 언제나 뿌듯했다. 여전히 부족하지만 그래도 나를 사랑해 주고 믿어 주는 가족이 있어 오늘도 힘을 낸다.

소박한 음식들로 차린 식탁에 앉아 가족의 얼굴을 마주할 때마다 감사의 고백이 흘러나온다. 평범한 삶은 결코 저절로 얻어지는 것이 아님을 알기에, 오늘 누리는 이 보통의 날이 얼마나 감사한지 되새기며 겸손한 마음으로 고개 숙인다. 앞으로도 보통의 날을 특별하게 여기며 살고 싶다. 삶에 억지로 의미를 부여하지 않고, 그 속에 스며있는 의미를 찾으면서 말이다.

2020년 10월 김동건

차례

고양이를
어려워했던
수의사

어릴 적부터 동물에 관심이 많았
다. 동물원에 가는 것도, 동네 수족관에서 거북이와 금붕어를 구경하는
것도 좋아했다. 학교 앞에서 병아리 장수를 만나면 구경하느라 집에 가
는 것도 잊었다. 개를 키우는 친구네 집에는 친구보다 개가 좋아 자주
놀러 갔다. 그런 내가 수의학을 선택한 건 자연스러운 결정이었다.

하지만 동물을 좋아해도 고양이는 왠지 멀게 느껴졌다. 내가 아는 고
양이란 항상 숨어서 주변을 경계하다 잽싸게 도망가는 길고양이가
전부였기 때문이다. 짧은 내 경험으로는 고양이란 쉽게 곁을 내주지
않는 동물처럼 보였다.

수의사가 되고서도 좀처럼 고양이와 친해질 기회는 없었다. 진료실
에서 만난 고양이는 경계심에 차 있거나 화가 나 있었다. 아픈 데다
병원이라는 낯선 환경 때문에 그랬겠지만, 진료하다 날카로운 발톱
과 이빨에 다치기라도 하면 '역시 고양이는 대하기 어렵구나' 하는 생
각만 들었다.

시간이 흘러도 좁혀지지 않던 거리감은 한 고양이를 만나면서 서서
히 줄어들었다. 녀석의 이름은 호박이. 원래 보호소 고양이였지만, 내
가 일하던 동물병원에 눌러앉더니 그곳의 마스코트가 되었다. 사람
을 좋아해서 이마에 손끝만 대도 눈을 감으며 그릉거렸고, 배를 드러
내며 아기처럼 안기는 걸 즐겼다. 넉살 좋은 호박이를 보면서, 안심
할 수 있는 영역에 머물 때 고양이가 얼마나 사랑스러운지 비로소 알
았다. 그때 처음으로 고양이와 함께 살아 보고 싶어졌다.

아내의
큰 결심

결혼 전 아내가 걱정스러운 얼굴로 "결혼하면 동물을 키워야 해?" 하고 물었던 적이 있다. 당시엔 동물을 별로 좋아하지 않았던 터라 수의사와 결혼하면서 내심 불안했나 보다. 그때만 해도 "걱정 마. 수의사라고 무조건 동물을 키우는 건 아니야"라고 흔쾌히 대답했다.

그랬던 내가 결혼한 지 얼마 되지 않아 고양이를 데려오겠다니 반대하는 것도 당연했다. 하지만 "고양이 진료를 잘하려면 꼭 키워 봐야겠어"라고 직업적 이유로 설득하자 흔들리는 눈치였다.

여세를 몰아 든든한 지원군 호박이의 힘을 빌리기로 했다. 하루는 병원에 허락받고 호박이를 집에 데려왔다. 예상대로 녀석은 낯가림이 없었다. 이동장을 열자마자 침대에 뛰어오르더니 편히 누워 '골골송'을 불렀다. 난생처음 동물과 한 집에서 지내 본 아내는 당황했지만, 호박이가 돌아가고 난 뒤에도 하루 종일 생각난다며 놀라워했다. 그때부터 조금씩 고양이에게 마음을 열어 갔다.

하지만 호감을 갖는 것과 한 생명을 책임지는 건 다른 문제였다. 고양이를 돌보는 데 드는 비용은 물론, 언젠가 태어날 아기와 고양이가 잘 지낼지도 고려해야 했다. 고양이 평균 수명인 15년을 내다보며 내려야 할 결정이었기에 신중해야 했다. 고민 끝에 아내는 고양이를 키우는 데 동의했지만, 처음 동물을 키우는 것이니만큼 어린 고양이를 데려와 차근차근 추억을 쌓고 싶다고 했다. 아내의 바람에 맞는 고양이를 찾다가 만난 아기 고양이가 바로 모리였다.

모리와
처음
만나다

거리마다 크리스마스 장식이 예뻤던 12월의 첫날, 어느 브리티시 숏헤어 부부가 사는 집을 방문했다. 그곳에선 태어난 지 한 달이 겨우 넘은 아기 고양이 사 남매가 엄마 고양이의 사랑을 받으며 지내고 있었다.

초롱초롱한 눈망울이 아빠를 닮은 여자아이 둘, 오렌지색 털이 엄마를 닮은 남자아이 둘. 짧은 다리로 뒤뚱거리고 통통한 배로 뒹굴거리는 모습이 너무나 귀여웠다. 그렇게 아기 고양이의 매력에 빠져들고 있는데, 즐거워 보이는 무리 속에서 한 녀석이 눈에 들어왔다. 당당하고 활발한 형제들 뒤에서 겁먹은 얼굴을 한 오렌지색 고양이. 소심해 보이는 표정과 선해 보이는 눈망울이 마음을 움직였다. 우리는 그 아이의 가족이 되기로 했다.

실제로 데려가는 날은 2개월 후로 정했다. 엄마 고양이는 출산 후 3개월쯤 되면 일부러 모질게 행동하면서 새끼들을 독립시키는데, 그전까지는 엄마의 보살핌을 받으며 모유를 충분히 먹고 다른 고양이들과 함께 사회화 과정을 거치는 게 좋기 때문이다.

집으로 돌아와 아내와 함께 아기 고양이에게 어울릴 이름을 궁리했다. 포포, 브로, 바오, 로이, 하루 등 여러 후보 중에 선택한 이름은 모리였다. 받침이 없어 부드럽게 불리는 발음이 듣기 좋고, 일본어로 '숲'이라는 의미도 좋았다. 함께여서 아름다운 숲, 우리가 그리는 가족의 모습과 어울리는 이름이었다.

아픔까지
품을 용기

처음엔 모리가 성장하는 모습을 곁에서 볼 수 없는 게 너무나 아쉬웠다. 하지만 고양이와 가족이 될 준비를 미처 하지 못한 현실을 직시하니, 2개월의 유예 기간을 얻은 게 다행으로 느껴졌다.

우리는 부모가 된 마음으로 고양이를 공부하기 시작했다. 아내는 도서관에서 책을 읽었고, 나는 고양이 행동학 세미나에 참석했다. 그리고 각자 공부한 것을 공유했다. 엄마 품속에서 형제들과 추억을 쌓고 있을 모리 생각이 날 때면 그 안에서 따뜻하고 밝게 자라기를 기도했다.

수의사로 일하다 보면 삶과 죽음이 정말 가깝게 맞닿아 있음을 자주 느낀다. 얼마 전까지 예쁜 눈망울로 따뜻한 숨을 내뱉던 동물들이 초점 없는 눈으로 숨결을 잃은 채 쓰러진 모습을 보는 날엔 하루 종일 머리가 멍하고 가슴이 먹먹하다. 공부도 중요하지만, 이별의 아픔이 얼마나 큰지 느껴왔기에 아내에게 꼭 물어야 할 말이 있었다.

"15년쯤 뒤에 모리의 마지막까지도 지켜볼 용기가 우리한테 있을까?"
동물병원에서 지켜본 여러 죽음과 힘들어하던 가족들 이야기를 들려주자, 아내는 한동안 생각에 잠겼다. 마음 약한 아내였지만, 고맙게도 용기를 내기로 했다. 언젠가 찾아올 사별의 아픔까지도 품을 용기를.

엄마가
보고 싶어요

생후 100일째 되던 날, 드디어 모리가 왔다. 먼저 우리에게 다가올 때까지 이동장을 열어두고 평소처럼 자연스럽게 지내기로 했다. 좋아하던 쿠션도 가져온 덕분에, 모리는 익숙한 냄새가 묻은 제 물건에 기대 안정감을 찾았다. 처음엔 이동장 속에서 눈만 깜빡이더니 한 시간쯤 지나자 밖으로 고개를 내밀었다. 처진 눈에는 눈물이 그렁그렁 맺혀 보였다. 한 발 한 발 조심스럽게 나온 모리는 불안한 눈으로 엄마를 찾는 듯 돌아다니며 울기 시작했다. 안쓰러운 마음에 달래주고 싶었지만 그랬다간 더 놀랄 것 같아 꾹 참았다.

구슬프게 울며 돌아다니기를 네 시간쯤 했을까. 모리는 침대에서 책을 읽고 있던 내게 다가와 냄새를 맡고 요리조리 살피더니 몸을 비볐다. 겉으로는 아무렇지 않은 척했지만, 기쁨에 벅차 나도 모르게 소리를 지를 뻔했다. 그제야 나도 마음을 놓고 모리에게 손을 내밀어 화답했다. 내 손이 볼에 닿자 모리는 기분이 좋은지 그릉거렸다.

하지만 마음을 여는 것 같았던 모리는 다시 울기 시작했고 밤새 아무것도 먹지 않았다. 엄마와 처음으로 떨어져 맞이한 첫 밤, 힘들어하는 모리에게 어떤 위로도 될 수 없다는 게 안타까웠다. 그저 무관심한 모습으로 우리가 위험한 존재가 아님을 보여주는 것만이 최선이었다.

손가락을
물리다

모리의 물건은 전에 살던 집에서 쓰던 것과 같은 걸로 준비했다. 그래서인지 첫날부터 화장실도 척척 사용했다. 모리가 스스로 화장실에 들어갔을 때, 아내와 나는 너무 기뻐서 마주 보고 두 손을 하늘로 뻗으며 무언의 함성을 질렀다.

그런데 사료는 같은 것인데도 먹지 않고 그릇 주변 바닥만 긁어댔다. 처음에는 '갑자기 가족과 헤어졌으니 입맛이 없겠지' 생각했지만, 다음 날 아침까지 그대로인 사료를 보니 덜컥 겁이 났다. 어린 고양이는 하루만 굶어도 간이 망가질 수 있기 때문이다.

어떻게든 먹여야겠다는 생각에 따뜻하게 데운 캔 사료를 손가락에 묻혀 조심스럽게 코앞에 갖다 댔다. 무심히 냄새 맡던 모리의 눈이 갑자기 반짝였다. 그러더니 달려들어 내 손가락을 깨물었다. "아야!" 손가락에 구멍은 났지만 '드디어 먹는구나!' 하는 기쁨과 안도감에 아픔은 아무렇지도 않았다.

처음 초등학교에 가던 날, 모든 것이 낯설어 힘들던 기억이 난다. 복도, 교실, 책상, 의자, 친구, 선생님은 물론 창문 너머로 들어오는 햇빛조차 낯설었다. 나는 엄마와 함께 고른 가방과 노트, 새 필통에 담긴 뾰족한 연필을 하루 종일 만지작거리며 스스로를 위로했다. 내게도 그런 어린 시절이 있었는데, 영문도 모른 채 가족과 헤어져 낯선 곳에 온 모리는 오죽할까. 며칠 동안 모리의 눈에 그리움이 담긴 것 같아 미안하고 가슴이 아팠다.

'모리 형아'가
된 이유

               고양이를 키우는 사람 중 대다수
가 스스로를 집사라고 부른다. 고양이가 필요로 할 때면 언제든 불편
함을 해소해 주고, 나보다 고양이를 먼저 생각한다는 면에서 그런 표
현을 쓰는 것 같다. 고양이는 예민한 동물이라 '모시고 산다'는 말이
어울리기도 하니, 집사라는 표현은 꽤 적절해 보인다.

하지만 개인적으로는 집사라는 표현을 쓰고 싶진 않았다. 왠지 일방
적으로 희생만 하는 존재처럼 느껴졌기 때문이다. 모리에게 사랑을
주는 만큼 나도 사랑받고 싶었고, 좀 더 가족다운 호칭을 갖고 싶었다.
그렇다고 우리를 엄마 아빠라고 칭하지는 않기로 했다. 모리를 건강
하게 낳아 키워 준 친부모에게 감사하는 마음을 잊지 말자는 뜻에서,
그 호칭은 우리가 쓰지 않고 남겨두었다.

결국 나는 형아, 아내는 누나가 되어 주기로 했다. 고양이 동생의 평
생을 책임지면서 믿고 의지할 수 있는 존재가 되자는 뜻이었다. 난 모
리보다 나이는 많지만, 반려인으로 살기 시작한 것은 얼마 되지 않았
다. 그런 면에서 보면 나도 모리와 사는 동안 여러 가지를 배우며 함
께 성장해야 할 존재였다. 모리가 동생이라고 생각하니 천진난만한
행동이 더 귀여워 보이고, 우리가 격의 없는 사이로 느껴져서 조금은
더 친해진 것 같았다.

고양이 위주로
바뀐 삶

전에는 바닥에 늘어놓은 끈이나 비닐 조각을 무심코 뒀지만, 이젠 모리가 삼킬까 봐 그때그때 치운다. 외출할 때는 창문과 현관문을 몇 번씩 확인한다. 처음엔 귀찮았지만, 이제 익숙해져서 잘 정돈되어 있지 않으면 스트레스를 느낄 정도다. 이렇게까지 하는 건 안전사고로 병원에 오는 고양이가 많기 때문이다. 실내 생활을 하는 동물이라 가장 많은 사고가 일어나는 곳도 집 안이다. 뜻하지 않은 사고로 꺼져가는 생명을 보면 허무함마저 느꼈다. 이런 일을 겪으며 고양이의 안전에 대해 예민해져서 아내에게도 잔소리를 많이 했다. 호기심 왕성한 모리를 위해, 또 어려서부터 모리에게 올바른 생활 습관을 들이기 위해 어쩔 수 없었다.

"꽃은 농약이 묻었을 수 있으니까 모리가 먹지 않게 조심하고, 백합과 식물은 중독 성분이 있으니까 절대 사면 안 돼."

"귀엽다고 손으로 놀아주면 장난감으로 알고 물 수도 있어. 또 우리 물건으로 놀아주면 망가뜨릴 수 있으니까, 장난감으로만 놀아줘."

"음식 먹을 때는 식탁에 못 올라오게 해서 처음부터 우리가 먹는 음식에 관심 갖지 않게 하면 좋겠어."

잘 정돈된 공간 속에 아무렇게나 널브러진 모리를 보면, 엄격함과 자유분방함이라는 이질적인 요소가 균형을 이룬 한 폭의 그림 같다. 어느새 고양이 위주의 삶에 익숙해진 내겐 이런 풍경이 예술작품처럼 보인다.

우리
아내가
달라졌어요

모리가 집에 온 뒤로, 아내는 내가 병원에서 일하는 동안에도 수시로 전화해서 이것저것 물어왔다. 모리가 안 하던 행동을 할 때마다 일일이 전화를 걸어 정상인지 확인하려 했다.

"잠을 너무 많이 자는 것 같은데 어디 아픈 건 아닐까?"

"모리가 사료를 먹다가 캑캑거렸는데 괜찮아?"

"밥그릇 주변을 긁는데 왜 그런 거야?"

모리에게 관심을 갖고 궁금한 점을 자주 물어보는 것은 좋았다. 그런데 아내는 어떤 답변을 들어도 그냥 넘어가는 법이 없었다. 꼭 인터넷으로 다시 검색해서 내 답변이 맞는지 확인하려 했다.

인터넷 글 중에는 실제 경험을 토대로 한 유용한 정보도 있지만, 잘못된 지식이 퍼지면서 정설처럼 받아들여진 경우도 적지 않다. 한데 내가 듣기엔 터무니없는 내용도 아내는 진지하게 받아들였고, 어떤 때는 수의사인 내 말보다 인터넷에서 본 글을 더 믿는 것 같아 기분이 나빴다. 하지만 모리를 위한 마음에서 그랬다는 걸 알기에 화를 낼 수 없었다.

아내는 모리의 모든 것을 파악하고 싶어 했다. 초보 반려인인 탓에 모리의 이상을 미처 발견하지 못하고 지나칠까 봐 늘 염려했다. 매일 먹는 사료 양, 음수량, 대소변 양과 상태까지 기록했고 작은 변화도 그냥 넘어가는 법이 없었다. 한때 동물을 싫어했던 아내는 어느새 진정한 '고양이 누나'로 거듭나 있었다.

밥투정은
없다

　　　　　　　　　　고양이는 어릴 적에 먹어보지 않은 음식은 커서도 먹지 않으려는 습성이 있다. 아마도 어릴 때의 경험으로 안전한 먹거리의 범위를 정하는 듯하다. 우리는 모리가 밥투정 없는 고양이로 자라길 바랐기에 다양한 사료 샘플과 육포, 젤리, 캔, 어포, 과자, 페이스트 등을 준비했다.

모리는 새로운 음식을 주면 조심스럽게 냄새 맡으며 탐색했다. 코앞의 음식을 보느라 가운데로 몰린 눈과, 냄새 맡느라 콧김을 뿜는 분홍 코가 귀여웠다. 탐색이 끝나면 살짝 혀를 내밀어 맛을 봤고, 혀끝에 음식이 닿고 나면 무엇이든 남김없이 먹어치웠다. 금세 의심을 버리고 맛있게 먹는 모습이 대견하고 예뻤다.

모리는 지금까지 새 사료나 간식을 거부한 적이 한 번도 없다. 고양이는 위가 작아서 하루에 보통 열네 번 이상 나눠 먹으며 위를 비워둔다는데, 모리는 밥그릇에 하루치 사료를 담아두면 반나절 내로 모두 먹어버린다. 어릴 적 다양한 먹거리를 접한 경험이 타고난 먹성에 날개를 달아준 것 같다.

나이 든 고양이일수록 입맛이 까다로우면 돌보기 어렵다. 나이 들어 건강 관리를 위한 처방식 사료나 습식 사료를 먹여야 할 때 고생하지 않으려면, 일찍부터 다양한 맛과 향, 형태, 크기, 식감을 지닌 음식을 맛보여줘야 한다. 고양이의 건강을 위해선 '세 살 버릇 여든까지 간다'는 익숙한 속담을 비튼 '세 살 입맛 여든까지 간다'는 고양이 버전의 속담을 기억해 둘 필요가 있다.

관리받을 줄
아는
고양이

발톱 깎기, 귀 닦기, 양치질은 고양이의 건강을 위해 꼭 필요한 일이지만, 익숙하지 않으면 거부가 심해 어려움을 겪는다. 이런 관리에 익숙해지게 하려면 역조건-형성과 둔감화(Counter-conditioning, Desensitization) 방법을 적용하면 좋다. 이것은 기분 좋은 순간에 싫어하는 일을 서서히 노출시켜 그 일에 대한 거부감을 없애는 것을 말한다.

모리에게 가장 기분 좋은 순간은 먹을 때다. 우리는 모리가 사료를 먹을 때 발과 귀를 만지고, 손바닥에 간식을 두고 모리가 먹으려 하면 손을 오므려 입 주변 만지기를 매일 반복했다. 처음엔 만질 때마다 짜증스럽게 발을 털거나 귀를 젖히며 피했지만, 시간이 지날수록 싫어하는 반응이 무뎌졌고 나중에는 먹는 일에만 집중할 정도로 둔감해졌다.

이후로 맛있는 걸 주면서 빗질도 해 보고, 발톱도 깎아 보고, 귀도 닦아 보며 난이도를 높여 갔다. 두 달 후 모리는 먹을 것 없이도 관리받을 줄 아는 고양이로 거듭났다. 물론 즐기는 것은 아니다. 요즘도 발톱을 깎을 때면 "휴, 올 것이 왔군. 빨리 끝내주세요" 하듯 포기한 표정으로 잠시 몸을 맡길 뿐이다.

반복된 연습 끝에 싫어하는 것을 견디는 힘을 갖게 된 모리를 보면, 익숙하지 않은 것을 싫어하고 새로운 것을 피곤하게 여기는 내가 부끄러워진다. 익숙함을 좋아하는 동물인 고양이로 태어났지만 낯선 우리 집에 잘 적응하고, 싫어하는 일도 잘 참아 주는 모리가 대견하다.

모리의
저녁 스케줄

고양이는 예측할 수 없는 상황을 싫어한다. 자세히 살펴보면 나름의 생활 규칙도 있다. 이런 고양이의 특성에 맞게 중요한 일과는 시간을 정해 규칙적으로 챙겨 주기로 했다. 일정한 생활 패턴이 자리 잡으면 스트레스를 줄여 주고, 빠뜨리는 일 없이 모리를 챙겨 줄 수 있을 것 같았다.

사료를 주는 시간은 내가 퇴근하고 돌아오는 오후 10시쯤으로 했다. 덕분에 집에 올 때마다 모리의 격한 환영을 받았다. 문을 열어 나를 반겨 주는 모리의 초롱초롱한 눈망울을 보는 것은 정말 행복한 일이었다. 아내는 창밖에서 "삐빅" 하고 차 문 잠그는 소리가 들리면 모리가 자다가도 벌떡 일어나 문 앞으로 가서는 야옹거리며 대기한다고 했다.

사료를 주기 전엔 배고픈 모리의 사냥 본능을 이용해 15분 정도 놀이 시간을 가졌다. 화장실은 잠들기 전에 치웠다. 깨끗한 화장실을 좋아하는 모리는 화장실을 치우고 있는 내게 다가와 고맙다며 몸을 비비곤 했다. 화장실 청소가 때로는 귀찮았지만, 모리의 인사를 받으면 마음이 뿌듯했다.

규칙적인 생활에 익숙해지면서 모리가 점점 더 편안해 보였고, 그런 모습을 보는 우리 마음도 편안해졌다. 규칙적인 시간표는 예측할 수 없는 상황을 좋아하지 않는 고양이에게 안정적인 일상을 선물하는 것과 같았다.

놀이 시간
채우기

　　　　　　　　　고양이에게 놀이 시간은 무척 중요하다. 보호자와 친밀감을 쌓는 시간이기도 하고, 스트레스 완화, 신경 및 근육 발달, 비만 예방 등에도 효과가 좋기 때문이다. 고양이와 잘 놀아주려면 여러 종류의 장난감이 필요하다. 혼자 갖고 노는 장난감, 함께 노는 장난감, 평소 꺼내 두는 장난감, 요구하면 그때만 꺼내 주는 장난감 정도로 분류할 수 있는데, 다양한 것들로 많이 준비할수록 좋다. 놀이 시간은 고양이의 체력을 감안해서 하루에 15분씩 네 번 정도, 모두 합쳐서 하루에 한 시간 정도면 좋다고 한다.

모리는 장난감이 있는 서랍장을 긁으며 놀아달리고 야옹거릴 정도로 놀이를 좋아했다. 깃털 달린 낚싯대는 꺼내는 소리만 들려도 몸을 숙이며 민첩하게 움직였다. 나는 모리가 흥미를 잃지 않도록 깃털을 마치 살아있는 것처럼 움직이는 화려한 손목 스냅을 연마했다. 탁구공을 이리저리 굴리며 뛰어다니는 것도 좋아했는데, 공이 탁탁 튀는 소리가 너무 커서 밤에는 숨겨두고 자야 했다.

소은이가 태어난 후로 잘 놀아 주지 못했더니 모리는 내가 퇴근해서 들어오면 졸졸졸 나를 따라 안방으로 들어온다. 그러고는 옷을 갈아입는 나를 촉촉한 눈망울로 올려다보며 장난감 서랍을 긁는다. "형아, 나 심심해요. 우리 놀아요"라는 뜻이다. 그러면 나는 모리의 열혈 놀이 친구가 된다.

약 먹이기,
어렵지
않아요

모리가 온 지 일주일쯤 되었을 때, 오른쪽 귀 끝에 탈모가 생겼다. 가려워하지 않아서 별것 아니겠지 했는데 며칠 뒤 콧구멍 옆과 오른쪽 발등도 털이 빠졌다. 그루밍하는 위치를 따라 탈모가 번지는 걸 보니 곰팡이성 피부염 같았다. 탈모 부위 털을 뽑아 곰팡이 배양 배지에 심었더니 사흘 만에 곰팡이가 자랐다. 평소 곰팡이가 피부에 있더라도 면역력이 좋을 때는 감염되지 않지만, 면역력이 약해지면 감염될 수 있다. 그래서 어린 고양이가 새 환경에 적응하는 과정에서 곰팡이성 피부염이 생기는 경우가 많다.

태어나 처음 약을 먹는 모리에게 어떻게 다가가야 거부감이 없을지 고민했다. 고양이는 후각이 예민해서 아무리 좋아하는 음식도 약을 섞어 주면 안 먹는 경우가 많다. 만약의 사태를 대비해 빈 캡슐과 투약기(pill-gun), 주사기도 챙겼다. 가루약을 캡슐에 넣고 투약기 끝에 꽂아 목구멍을 향해 쏘아 주면 어렵지 않게 먹일 수 있어서다. 캡슐을 쏘고 주사기로 입에 물을 약간 흘려 넣으면 반사적으로 삼키는데 이때 캡슐도 꿀꺽 넘기게 된다.

한데 감각이 둔한 걸까. 약에 대한 거부감마저 식욕이 이긴 걸까. 분명히 습식 사료에 약을 섞어 줬는데도 모리는 고민 없이 먹었다. 맛있는 소리를 내며 국물 한 방울 남기지 않고 그릇을 비우는 일이 3주간 이어졌고, 덕분에 모리 피부는 깨끗이 회복되어 털 빠진 자리에도 보송보송한 솜털이 자랐다.

2%의
확률

고양이는 보통 6개월까지 폭풍 성장하기 때문에 성장 속도가 둔화되는 생후 6개월쯤 중성화 수술을 한다. 일부 수의사는 성장판을 단단하게 닫아 주는 성 호르몬의 역할을 고려해 생후 8개월 정도에 수술을 권하기도 한다. 나는 브리티시 숏헤어의 특성상 큰 체격을 갖게 될 모리의 성장판이 단단하게 닫혔으면 했고, 소변을 뿌리거나 암컷을 찾아 집을 나가려는 발정 행동만 보이지 않는다면 8개월쯤에 중성화 수술을 해 주기로 마음먹었다.

중성화 수술을 미룬 데는 또 다른 이유가 있었다. 모리는 고환 두 개 중 한 개가 음낭으로 내려오지 않은 잠복고환이었다. 교과서에는 100마리 중 두 마리 꼴로 잠복고환이 나타난다고 나왔지만, 그때까지 실제로 고양이 잠복고환을 본 적은 없었다. 주변에 물어도 드문 케이스라고 했다.

모리의 잠복고환 수술을 앞두고 몇 권의 책을 펼쳐가며 공부했다. 이론적으로는 그리 어렵지 않았지만 처음 해 보는 수술인 데다 가족의 몸에 직접 칼을 대는 일이라 부담이 컸다. 그래서 저녁마다 모리의 배를 만지며 '고환이 제발 내려와 줬으면' 하고 간곡히 바랐다.

하지만 내 바람은 이뤄지지 않았다. 모리의 고환은 태어나 2개월 때까지 내려오지 않으면 그대로 잠복고환이 된다는 교과서 내용에 충실했고, 결국 모리의 배를 손수 열어야 했다.

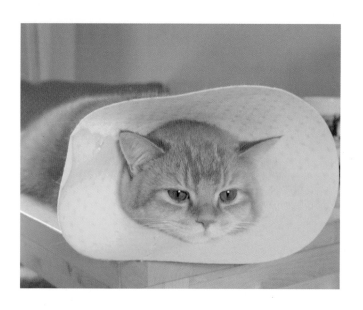

중성화 수술과
넥 칼라

모리의 잠복고환 수술은 생각보다 쉽지 않았다. 마취 직전까지 책을 보고 이미지 트레이닝을 했지만, 실제 수술에선 복강 속 고환이 잘 찾아지지 않아 절개 부위도 커졌고 수술 시간도 예상보다 길어졌다. 다행히 원장님의 도움으로 안쪽 깊숙이 있던 고환을 찾아내 제거했고, 모리도 마취에서 무사히 깨어났다. 긴 시간 동안 마취를 잘 견뎌 준 모리가 대견했다.

감각이 예민하고 그루밍도 해야 하는 고양이에게 중성화 수술보다 더 힘든 건 넥 칼라를 쓰는 일이다. 모리는 넥 칼라를 쓰자마자 이리 쿵 저리 쿵 부딪치며 벗으려고 했다. 목이 답답한지 눕지도 않았고, 그렇게 먹성 좋던 녀석이 밥도 굶었다.

그런 모리를 위해 아내는 플라스틱 넥 칼라 모양을 본떠 펠트지로 부드러운 넥 칼라를 만들어 주었다. 그걸 씌워 주니 눕기도 하고 밥도 먹었다. 하지만 펠트지 넥 칼라는 쉽게 벗겨져서, 모리 혼자 두고 외출할 때는 플라스틱 재질로 바꿔 주어야 했다.

수술 일주일 후, 절개 부위의 봉합사를 제거하고 불편한 넥 칼라 생활을 끝낸 모리는 그동안 맺힌 한을 다 풀고야 말겠다는 기세로 폭풍 같은 그루밍을 하기 시작했다. 온몸 구석구석 혀가 닳도록 그루밍을 하고 나니, 며칠간 못 감은 머리처럼 기름지고 꾀죄죄했던 털에 다시 반짝반짝 윤기가 흘렀다. 무심코 지나쳤던 그루밍의 중요성을 새삼 깨닫는 순간이었다.

이불에
쉬한 이유

모리가 침대 위에서 이불을 긁고 있었다. 무슨 일인가 싶어 봤더니 눈치를 보며 같은 자리를 조금 더 긁고는 얼른 다른 곳으로 도망쳤다. '왜 그러지?' 싶어 가까이 가 보니 이불 위에 동그랗게 젖은 자국이 있었다. 고양이 소변 특유의 진한 냄새가 나는 걸 보니 소변을 본 게 분명했다.

"모리야! 왜 그랬어!?"

나도 모르게 언성을 높였더니 모리가 놀라며 구석으로 숨었다. 허둥지둥 도망치는 모습을 보면서, 어젯밤 깜빡 잊고 화장실을 치워주지 않은 게 불현듯 떠올랐다. 내가 게을러서 생긴 일인데 괜히 모리에게 언성을 높인 게 미안했다. 고양이란 원래 깨끗한 화장실을 좋아하는 동물이지만, 고작 하루 치워주지 않았다고 시위하듯 다른 곳에 소변을 볼 줄이야. 모리는 단 한 번의 실수도 용납하지 않는 완벽한 '깔끔남'이었다.

고양이는 화장실 위치나 넓이, 재료, 형태, 청소 상태 등이 마음에 들지 않으면 다른 장소에 대소변을 보기도 한다. 고양이가 화장실 실수를 하면 왜 말썽을 부리냐며 혼내기 쉽지만, 말썽이란 사람 기준으로 판단한 것일 뿐이고 고양이 입장에서는 당연한 의사 표시다.

그날 이후로 아무리 귀찮아도 화장실 치우는 일은 게을리하지 않는다. 깜빡 잊고 잠들 뻔했다가도 생각나면 반드시 일어나서 치우고 다시 눕는다. 모리가 편안해야 우리 모두가 편안해진다.

모리가 있는
풍경화

가진 것이 넉넉지 않은 상황에서 결혼했기에 우리 신혼집은 초라했다. 총각 때 살던 원룸에서 신혼살림을 시작했는데, 집이 너무 작고 낡아서 아내가 모은 혼수 비용은 더 넓은 집으로 이사할 때 쓰기로 하고 내 살림살이를 그대로 사용했다. 결혼을 앞두고 예쁜 집을 꿈꾸며 살림을 고르는 설렘을 누리지 못한 아내를 생각하면 미안한 마음뿐이다.

싸워도 각방을 쓸 수 없었고, 에어컨이 없어 더위를 피할 수 없는 여름에도 슈퍼싱글 침대에서 딱 붙어 자야 했지만 함께였기에 행복했다. 가끔 공간에 대한 아쉬움이 밀려올 때면 분위기 좋은 카페를 찾았다. 머무는 사람을 배려하는 공간에서 정성을 담아 내린 커피를 마시며 아내와 마주 앉으면, 가진 것이 적다는 건 중요하지 않았고 남과 나를 비교하며 주눅 든 스스로를 다시 세울 수 있었다.

사실 모리를 데려오기 전에도 작은 집이 고민이었다. 하지만 공간의 의미는 크기보다 누구와 함께 있는가에 따라 달라진다고 믿었다. 다행히 모리는 작은 집에서도 불평 없이 지냈고, 그 모습은 공간의 의미에 대한 우리의 확신을 더욱 굳건하게 했다.

고맙게도 잘 먹고, 잘 놀며 새집에 금세 적응해 준 모리는 침대와 식탁, 창가에 머무는 걸 좋아했다. 특히 낮에는 자주 창턱에 앉아 바깥 풍경을 감상했다. 모리의 뒷모습은 사계절에 따라 변하는 바깥 풍경과도 잘 어울렸다. 마치 창문이라는 큰 액자에 그려진, 살아 움직이는 그림 같았다.

찾아온
새 생명

평소와 다름없던 평범한 날, 퇴근하고 집에 들어오니 아내가 하얀 플라스틱 막대를 내밀었다. 선명한 두 줄이 표시된 임신테스트기였다. 너무 놀라서 "이거 진짜야?" 하고 물었다. 고개를 끄덕이는 아내를 껴안고 너무 좋아서 메고 있던 가방도 내려놓지 않은 채 방방 뛰며 환호성을 질렀다.

우리는 결혼 후 여러 가지 현실적인 이유로 임신을 미뤘다. 결혼한 지 3년이 되어 가는데 아기를 갖지 않고 고양이를 키우니 '아기는 왜 안 갖냐' '혹시 무슨 문제가 있는 것 아니냐' '피임을 오래 하면 아기가 잘 생기지 않는다더라' 등 여러 가지 이야기를 하는 사람들이 많았다. 우리 인생 계획은 우리가 정하는 거라고 생각했기에 나는 아무렇지도 않았지만, 아내는 이런 말들이 내심 신경 쓰이는 눈치였다.

막상 임신을 계획하고서도 첫 2개월간은 임신이 되지 않았다. 단번에 될 거라고 기대하진 않았지만 막상 임신이 되지 않자 아내는 주변의 우려가 현실이 되는 건 아닐까 불안해했다. 그 와중에 들린 임신 소식은 '이제 아빠가 된다'는 기쁨과 함께 '더는 아내가 걱정하지 않아도 되겠구나' 하는 안도감을 안겨주었다.

외박할 자유를
포기하다

아내의 임신과 다가온 결혼기념일을 자축하며, 오랜만에 좁은 집을 벗어나 호텔에서 편하게 하룻밤을 보내기로 마음먹었다. 모리와 가족이 된 뒤로 처음 하는 외박이었기 때문에 걱정됐지만 '고양이라면 하루 정도는 혼자 지낼 수 있지' 생각하며 밥그릇과 물그릇, 화장실을 두 개씩 놓아주고 집을 나섰다.

떠나기 전에 임신을 확인하기 위해 산부인과를 먼저 찾았다. '정말 임신이 맞을까' 하는 불안감과 처음 가 본 산부인과의 낯선 환경 때문에 긴장이 됐다. 우리 마음을 다독이듯 의사 선생님은 초음파 모니터로 아기의 존재를 확인시켜 주었다. 0.67cm에 불과한 작은 생명은 자신이 살아있다는 것을 증명하기 위해 활기찬 심장 소리를 들려 주었고, 우리는 너무 감동한 나머지 아무 말도 하지 못했다. 최고의 결혼기념일 선물이었다.

모처럼 좁고 더운 집을 벗어나 호텔에서 좋은 시간을 보냈지만 혼자 있을 모리가 순간순간 생각나 마음이 편치 않았다. 결국 다음 날 예정보다 일찍 집에 돌아가기로 했다.

집에 도착해 현관문을 열기 전까지는 모리에게 감격스러운 임신 소식을 전하며 재회의 기쁨을 누릴 거라 기대했다. 하지만 문을 열자 모리는 "왜 이제 왔냐"고 원망하는 듯 우렁차게 울어댔다. 우리가 돌아오길 한참 기다린 그 모습을 보니 앞으로는 외박하지 말아야겠구나 싶었다. 모리에게 미안하고 민망한 순간이었다.

모리의
'얼굴 태교'

아내는 원래도 잠이 많았지만, 임신한 뒤로 더욱 졸음을 참기 힘들어했다. 분명히 낮잠을 많이 잤는데도 밤늦게까지 일하고 온 나보다 먼저 곯아떨어졌다. 신기하게도 이 무렵부터 모리가 아내를 따라 침대에 자주 올라왔다. 아내 근처에 머무는 시간도 많아지고, 나보다 아내가 만져주는 걸 더 좋아했다.

임신 초기, 호르몬 변화로 감정 기복이 커지고 입덧으로 컨디션이 떨어진 아내는 곁에 누운 모리를 쓰다듬으며 위로받았다. 부드럽고 따뜻한 느낌, 그르릉 소리와 울림 덕분에 안정된다며 임신 중에 모리가 얼마나 큰 힘이 되었는지 절대 잊지 않을 거라고 다짐했다. 엄마의 안정이 곧 태아의 안정이니, 소은이는 태어나기 전부터 모리에게 사랑의 빚을 진 셈이다.

엄마가 임신 중에 예쁜 아기 사진을 많이 보면 예쁜 아기를 낳는다는 말이 있다. 나는 "남편 얼굴을 많이 보면 아빠를 닮고, 거울을 많이 보면 엄마를 닮는 거 아니야?"라고 우스갯소리를 했다. 그러자 아내는 "제일 많이 보는 얼굴이 모리인데, 모리 닮으면 동글동글 진짜 귀엽겠다!"라며 웃었다. 자기 얘기인 줄 아는지 옆에서 말똥말똥 쳐다보는 모리에게서 아기 얼굴이 보이는 것 같아 웃음이 났다.

우리는 모리 얼굴로 태교 사진을 대신하기로 했다. 동글동글 예쁜 얼굴로, 때로는 우스꽝스러운 표정으로 웃음을 선사하는 모리는 '얼굴 태교'를 도맡아 준 소중한 존재였다. 모리의 힘이었을까, 얼마 지나지 않아 정말 동그랗고 귀여운 딸의 얼굴을 만날 수 있었다.

아빠가
될
준비

아내의 임신을 안 순간부터 내 머릿속은 '좋은 아빠'가 되겠다는 일념으로 가득 찼다. 곧바로 출산과 육아, 아빠 되는 법에 대한 책을 여러 권 샀다. 실은 좋은 아빠가 될 수 있을지 걱정이었다. 좀 무뚝뚝한 데다 아이들을 별로 좋아하지 않았기 때문이다. "다른 아이들을 예뻐하지 않는 건 내 아이를 가장 먼저 예뻐해주기 위해서야"라고 아내에게 핑계를 댔지만, 실은 아이들을 어떻게 좋아해야 하는지 몰랐다. 이런 내가 아이에게 친근한 아빠가 될 수 있을까?

하지만 모리를 처음 가족으로 맞을 때를 생각하며 용기를 냈다. 내가 공부하고 노력한 만큼 모리도 착하고 건강하게 자라주었듯, 노력한다면 좋은 아빠가 될 수 있을 거라고 믿기로 했다.

아내와 함께 문화센터 출산교실에도 다녔다. 매일 밤 아내의 배를 향해 "안녕?" 말도 걸고 태교 동화도 읽었다. 처음엔 아내의 배에다 대고 말하고 동화를 소리 내 읽는 게 멋쩍었지만, 매일 하다 보니 익숙해졌고 아이와 친해지는 것 같아 좋았다. 아이가 태어나면 동화책을 잘 읽어줄 수 있겠다는 자신감도 생겼다.

예비 아빠로 육아를 준비하면서, 아이에게 물질적 풍요를 주기보다 풍요롭게 관계 맺는 법을 알려주는 아빠가 되자고 생각했다. 욕심이 아닌 필요에 따라 살며, 아내를 사랑하고 주변 사람, 동물과 건강한 관계를 맺으며 아이와도 건강한 관계를 형성하는 아빠-그렇게 멋진 아빠의 모습을 꿈꿨다.

넘어야 할
산

아내가 임신 7개월쯤 되었을 무렵, 갑자기 부모님이 "아기랑 고양이를 같이 키워도 괜찮은 거니?" 하며 걱정스러운 내색을 하셨다. 그동안 차마 하지 못한 질문을 꺼내신 듯했다.

"동물이랑 같이 지내면 아기의 면역력을 키워주기도 해서 더 건강하게 자랄 수 있대요" 하고 말씀드렸지만 내심 '나도 예외가 아니구나' 생각했다. 아들이 수의사니까 당연히 부모님도 이해하실 거라 생각했는데, 그나마 내가 수의사여서 이 정도로 끝나는구나 싶었다. 아내가 임신하기 전부터 부모님과 모리가 친해질 수 있게 노력했어야 했는데…. 다행히 장인어른과 장모님은 "사위가 알아서 잘 하겠지!" 하고 말씀해 주셔서 별다른 갈등이 없었다.

아기와 동물을 함께 키우는 일에 대한 부정적인 인식이 과거에 비해 나아졌다지만, 출산할 때가 다가오니 "고양이를 아기랑 어떻게 같이 키워?" "털도 날리고 위험할 텐데, 부모님 댁에 맡기는 게 어때?" 하고 말하는 사람이 많았다. 반려동물에 대한 생각은 사람마다 다르고, 우리 부부를 염려해서 하는 말이란 걸 알기에 "우리한테 모리는 가족이라서 다른 데로 보내는 건 안 돼요"라고 말하며 넘겼다.

수의사인 내게도 예외가 아니었던 크고 작은 반대를 경험하면서, 부모님과 주변 사람들에게 모리와 아이가 잘 지내는 모습을 보여줄 수 있게 노력해야겠다는 책임감이 생겼다.

톡소플라즈마에
대한 오해

임신하면 고양이 기생충인 톡소플라즈마에 대해 한 번쯤 듣게 된다. 어느 날 아내도 고양이 때문에 유산될 수 있다는 이야기를 들었다며 톡소플라즈마에 대해 걱정했다. 고양이 대변으로 기생충 알이 나오기 때문에 만지면 안 된다고 했다는 것이다. 기생충 알을 먹으면 감염되기 때문에 틀린 말은 아니지만, 그건 고양이에 대한 공포감만 키우는 반쪽짜리 정보였다.

일단 모리 때문에 톡소플라즈마에 감염될 확률은 거의 없다고 아내를 안심시켰다. 우리 집에 온 뒤로 날고기를 먹거나 외출한 적이 없는 모리는 톡소플라즈마에 감염되었을 가능성이 희박하다. 만일 우리 집에 오기 전에 감염되었더라도 기생충 알은 감염 초기 1~2주 동안만 대변으로 나오기 때문에 지금은 기생충 알이 있을 리 없었다. 게다가 대변으로 나온 알은 산소와 만나 24시간이 지나야 감염력을 갖기 때문에, 매일 대변을 치우고 손을 깨끗이 씻는다면 걱정할 일은 더더욱 없었다.

지금까지 우리나라에서 고양이 때문에 톡소플라즈마에 감염된 사례는 한 건도 없고, 오히려 덜 익은 고기나 덜 씻은 채소, 텃밭이나 정원 가꾸기를 할 때 만지는 흙 때문에 감염된 사례가 많았다고 설명하니 아내는 그제야 안심하는 눈치였다. 그래도 걱정하는 아내를 위해 모리 화장실 청소는 그날부터 내가 전담하기로 했다.

코 뽀뽀는
이제
그만

종종 모리의 코를 향해 내 코를 갖다 댄다. 분홍 코에 코끝이 닿을 때 느껴지는 촉촉함이 좋아서 자꾸만 '코 뽀뽀'를 하게 된다. 모리는 내 코가 가까이 오면 킁킁 콧바람을 불며 냄새를 맡는다. 그리고 까슬까슬한 혀를 내밀어 핥기 시작한다. 고양이는 좋아하는 상대를 핥아 주는 사회적 그루밍(allogrooming)을 하기에, 모리가 나를 좋아하는 걸 확인하는 순간이기도 했다. 이때가 모리 얼굴에 내 얼굴을 가까이 할 수 있는 유일한 시간이다.

두세 번만 핥아도 코끝이 따갑지만, 얼굴을 맞대고 모리의 호흡과 체온을 느끼는 게 좋아서 참을 수 있을 때까지 참았다. 너무 오래 참았던 어느 날엔 코끝이 까지고 피부 속까지 염증이 생겨서 한동안 빨간 코로 지낼 수밖에 없었다. 콧구멍이 큰 내 탓도 있겠지만, 모리가 콧구멍 안쪽까지 핥은 날에는 코피가 나기도 했다.

아내는 내 코에 자꾸 생기는 상처를 보며 혹시 모리가 아기를 핥아도 상처가 생길 수 있지 않겠냐고 했다. 듣고 보니 맞는 말이었다. 너무나 아쉬웠지만 모리가 핥는 습관을 갖지 않게 하기 위해 당분간 코 뽀뽀와 작별하기로 했다. 모리야, 아기가 크면 다시 코 뽀뽀 하자.

피팅 모델
모리

　　　　　　　　　　손으로 뭔가 만드는 걸 좋아하는
아내는 임신 중에 이것저것 만들며 태교를 했다. 아기 옷에 태명인
thank you를 자수로 수놓고, 코바늘로 아기 신발과 소품을 만들고, 바
느질을 해서 배냇저고리와 애착 인형도 만들었다. 수강료를 아끼겠
다며 책과 인터넷만 보고도 여러 가지 물건을 뚝딱뚝딱 만들어내는
손재주가 신기하고, 직접 만든 아기용품을 보며 행복해하는 소박한
마음이 예뻤다.

아내는 왕관이나 헤어밴드, 케이프 같은 소품을 만들면 모리에게 먼
저 씌워 보고 인증 사진을 찍었다. 모리 몸집이 큰 편이라 아기 사이
즈로 만든 것들이 예쁘게 잘 맞았다. 물론 그 소품들을 두른 모리는
탐탁지 않은 표정이었지만 마냥 귀여웠다. 훌륭한 피팅 모델 모리 덕
분에 아내는 한층 흥을 내어 만들기 태교에 전념했다.

우리는 사진관에서 만삭 사진을 찍는 대신, 집에서 아내의 배가 불러
오는 모습을 2주마다 카메라에 담았다. 사진을 찍을 때마다 커 가는
아내의 배를 보면 신비로우면서도 감사한 마음이었다.

모리는 변해가는 아내의 모습을 보며 무얼 생각했을까? 평소엔 특별
한 반응이 없는 것처럼 보였지만, 몇몇 사진 속 모리는 마치 뭔가를
느끼는 듯 골똘히 아내를 보고 있었다. 곧 새로운 생명과 마주할 것
이라는 걸 직감했을까.

고양이
바운서

결혼한 시점에 비해 아이를 늦게 가진 편이어서 주변에 육아 선배들이 많았고, 덕분에 유용한 육아용품을 많이 물려받았다. 특히 아내 친구들이 아끼지 않고 물려준 물건과 옷들은 하나같이 예쁘고 유용해서 쓸 때마다 "아, 감사하다"라는 말이 절로 나왔다.

하루는 아기를 앉혀 놓을 수 있는 '바운서'라는 물건을 받아 왔다. 아기 엉덩이가 폭 들어가는 동그랗고 귀여운 모양의 바운서는 모리도 좋아할 것 같았다. '고양이 액체설'이 있을 정도로 자기 몸을 어딘가에 끼워 넣기 좋아하는 동물이 고양이기 때문이다. 집이 좁아 이렇다할 해먹 하나 사 주지 못한 게 내심 미안했던 터라, 만약 모리가 좋아하면 바운서를 먼저 쓰게 해 줘야겠다고 생각했다.

방 가운데 바운서를 내려두자 모리는 조심스럽게 다가와 냄새 맡으며 주변을 한 바퀴 돌았다. 그러고는 주저 없이 뛰어올라 동그랗게 몸을 말고는 '이제야 쉴 곳이 생겼네' 하듯 편안한 표정을 지었다. 모리의 몸이 바운서에 딱 맞게 담기는 것이 마치 맞춤형 해먹 같았다.

그날 이후 바운서는 모리가 최고로 사랑하는 물건이 되었다. 낮이나 밤이나 그 위에서 '캣모나이트'라 불리는 자세로 동그랗게 몸을 말고 자곤 했다. 그동안 집이 좁다는 핑계로 해먹을 사 주지 못한 게 미안하고, 물려받은 물건을 알뜰하게 써 주는 모리가 고마웠다.

육아
육묘를
위한 준비

출산이 다가오면서 아내는 출산 준비 목록을 만들고 일정을 정해 하나씩 해결해갔다. 목록에 적힌 물품이 생각보다 많아 놀랐고, 그걸 준비하는 아내를 보며 부모가 될 날이 얼마 남지 않았음을 실감했다.

우리도 부모 될 준비가 필요했지만, 모리도 아기와 함께 사는 고양이가 될 준비가 필요했다. 일단 스트레스를 줄이기 위해 출산 예정일 1개월 전부터 모유 성분의 스트레스 완화제인 질켄을 먹였다. 혹시 소은이가 자라서 모리를 만질 때를 대비해 간식을 주면서 모리가 예민하게 받아들이는 앞발 만지기를 연습했다. 또 모리가 옆에 올 때마다 쓰다듬으며 "이제 곧 아기가 태어나. 잘 부탁할게" 하고 말하며 마음의 준비를 해 주기를 바랐다.

때마침 좁은 원룸에서 좀 더 넓은 집으로 이사하게 되어 입주 청소를 깨끗하게 하고, 미세먼지와 모리의 털이 날릴 것을 대비해 공기청정기를 구매했다. 그리고 깨끗한 집에 입주하기 전 모리의 목욕을 거행했다. 오랜만에 목욕한 모리는 보송보송 예뻐지고 털도 덜 빠졌다.

가장 마음 쓰였던 건 태어날 아기에게 고양이 알레르기가 있지는 않을까, 모리가 아기와 잘 지낼까 하는 점이었다. 이 문제는 우리 힘으로 해결할 수 있는 일이 아니어서 걱정해본들 달라질 것도 없었기에 '아기와 모리가 잘 지낼 수 있게, 두 녀석 모두 몸과 마음이 건강하게 도와주세요' 하고 매일 밤 기도할 뿐이었다.

드디어
만난 딸

　　　　　　　　　　　아침부터 아내가 진통을 느끼기
시작했다. 아프다고 누워만 있으면 출산이 늦어진다며 "걸으세요, 걸
으세요!"를 외치던 문화센터 출산교실 강사님 말씀대로 우리는 공원
을 찾아 되도록 많이 걸었다.

아내는 초저녁부터 점점 간격이 짧아지고 강도가 강해지는 진통 때
문에 힘들어했다. 밤 11시, 소리도 지르지 못할 만큼 아파하는 아내를
부축해 차에 태우고 산부인과로 향했다. 차로 15분이면 도착하는 병
원이었지만 너무나 멀게 느껴졌다. 병원에선 다행히 골반이 잘 열려
출산이 순조롭게 진행되고 있다며 바로 입원 수속을 진행해줬다. 조
금 전까지 고통스러워하던 아내는 무통주사 덕분에 조금은 편해 보
였고 그제야 나도 마음이 놓였다.

병원에 도착한 아내는 일곱 시간을 더 진통한 끝에 2016년 4월 30일
새벽 6시 15분, 3.66kg의 건강한 여자아기를 낳았다. 나는 의료진이
건네준 수술용 가위로 탯줄을 자르며 10개월 만에 아기가 아내로부
터 독립된 생명체가 되는 경이로운 순간을 마주했다. 수술포에 싸여
아내의 품에 안긴 아기는 얼굴이 퉁퉁 부어 있었고 서러운 듯 눈가에
눈물이 맺혀 있었다. 엄마와 함께 진통을 견뎌낸 고단함이 묻어 있는
얼굴을 보며 처음으로 딸에게 말을 건넸다.

"나오느라 고생했다, 우리 딸."

우리는 딸이 밝고 따뜻한 삶을 살기를 바라는 마음으로 밝을 소(昭)
자와 온화할 은(誾) 자를 합쳐 소은이라는 이름을 선물했다.

누나가
형아를
양보할게

산후조리원에 있는 동안 모리를 어떻게 챙겨줘야 할지에 대해서는 나와 아내의 의견이 달랐다. 나는 아내가 산후조리원에 혼자 있으면 외로울 것 같아서 퇴근하고 집에 들러 모리를 잠깐 챙겨주고 아내와 같이 있겠다고 했다.

하지만 아내 생각은 달랐다. 그러면 모리가 외로울 거라며 퇴근길에 산후조리원에 잠깐 왔다가, 집에 가서 모리를 챙겨주고 같이 자라고 했다. 아내가 마음에 걸렸지만, 그래야 마음이 편하겠다니 말을 따르기로 했다.

누나 없이 낮 시간을 혼자 보낸 모리는 내가 들어가면 흥분한 표정으로 야옹거리며 졸졸 따라다녔다. 평소엔 따로 자던 녀석인데, 내가 밥과 화장실을 챙겨주고 침대에 누우면 어느새 침대로 뛰어올라 옆에 누웠다. 그러면 나는 "누나가 없어서 이상하지? 며칠 있으면 올 거야" 하고 말하며 모리의 머리를 쓰다듬다가 잠들었다.

하루는 모리가 보고 싶다며 아내가 내게 영상통화를 걸었다. 전화기 너머로 들리는 누나 목소리에 귀를 쫑긋거리는 모리를 보며 아내는 눈물을 글썽였다. 출산이라는 큰일을 겪고 혼자 있는 게 외로웠을 텐데 모리부터 먼저 챙겨주라며 나를 집으로 보낸 아내의 마음이 예쁘고도 고마웠다.

모리와
소은이와
첫 만남

산후조리원 생활을 끝내고 오랜만에 집에 들어온 아내를 보자 모리는 이산가족을 만난 듯 큰 소리로 울며 반겼다. 아내도 활짝 웃는 얼굴로 모리를 부르며 반가워했다.

"모리야, 보고 싶었어! 잘 있었어?"

하지만 기쁨의 순간도 잠시, 다리 사이로 왔다 갔다 몸을 비벼대며 좋아하던 모리는 아내의 품에 안긴 소은이를 발견하자 당황스러운 표정을 지었다. 그리고 잠시 후 장모님이 오시자 뭔가 이상하다는 걸 느꼈는지 서재 방으로 들어가 버렸다. 그런 모리가 신경 쓰였지만 장모님께 아내와 소은이, 모리를 맡기고 출근해야 했다.

일을 마치고 돌아왔을 때도 여전히 서재 방에 있던 모리는 내가 온 것을 확인한 뒤에야 밖으로 나와 돌아다니기 시작했다. 처음 보는 아기에 대한 호기심보다 경계심이 더 컸던 모양이다. 내게 인사를 하고 나서야 소은이가 궁금해졌는지 나를 따라 조심스럽게 침실로 들어왔다. 모리는 곤히 잠든 소은이 곁으로 신중하게 발걸음을 옮겨 이불 냄새를 맡고는 더 지켜볼 생각인지 조금 물러나 앉아서 소은이의 얼굴을 조용히 바라봤다. 혹시라도 모리가 위험한 행동을 하지는 않을까 옆에서 지켜보고 있었지만, 모리는 보이지 않는 선을 정한 듯 더는 가까이 가지 않았다. 기다리던 누나를 만나는 날, 기대하지 않았던 소은이를 만난 모리는 호기심과 경계심 사이에서 혼란스러워하며 아기와 함께하는 삶을 시작했다.

문 닫지
말아요!

소은이가 태어나기 한 달 전, 방이 여러 개 있는 집으로 이사했다. 집 안의 모든 풍경이 한눈에 들어오는 원룸에서 살았던 기억 때문인지, 모리는 이사한 집에서 어느 방이든 문이 닫혀 있는 걸 싫어했다. 소은이의 조용한 취침 환경을 위해 밤에는 침실 문을 닫고 자려 했지만, 모리가 닫힌 문을 긁어대는 소리에 소은이가 깨는 상황이 반복됐고 문 닫기를 포기할 수밖에 없었다. 대신 모리가 실수로 소은이를 밟지는 않는지, 호기심에 소은이를 건드리지는 않는지 자주 깨어 모리의 위치를 확인했다.

다행히 모리는 알아서 소은이와 어느 정도 거리를 유지하려고 했다. 아마도 아직 파악이 덜 된 생명체라 여기고 경계하며 지켜봤을 것이다. 심지어 소은이 물건도 만지지 않았는데, 낯선 아기 냄새가 나서 경계하는 것 같았다. 평소대로라면 바닥에 있는 물건들은 호기심에 건드려 볼 만도 한데 말이다.

며칠이 지나자 경계심이 조금 누그러졌는지 소은이가 모유를 먹거나 자고 있을 때면 가끔 가까이 다가와 냄새를 맡았다. 하지만 소은이가 팔다리를 저으며 버둥거리거나 "엥" 하고 울면 싫다는 듯 휙 돌아서 가 버렸다. 모르는 사람이 보았다면 "역시 고양이는 새침한 동물이네" 했겠지만, 나에게는 보였다. 뒤돌아가는 모리의 발걸음에 담긴 무게와, 뒷모습에 스민 나름의 고민과 노력이.

외동 고양이
시절을
떠나보내며

고양이는 보통 식성은 엄마를, 성격은 아빠를 닮는다고 하는데 모리는 정말 그랬다. 먹성 좋은 엄마를 닮아 뭐든지 잘 먹고, 소심하고 온순한 아빠의 성격을 닮아 짠해 보일 만큼 착했다. 식탐이 많고 온순한 수다쟁이이자, 소심하고 겁 많은 평화주의자였다. 또 혼자 모든 사랑을 독차지하는 것이 어울리는 외동 고양이기도 했다. 동생을 만들어 주는 것은 모리를 위한 길이 아닌 것 같아, 둘째 고양이 입양에 대한 생각은 일찌감치 접었다.

하지만 소은이가 태어나면서 모리의 외동 생활은 끝나고 말았다. 혼자 모든 관심과 사랑을 받던 모리는 아기 침대에 누워 허우적거리거나 우는 것이 전부인 소은이의 존재만으로도 적지 않게 스트레스를 받는 것 같았다. 온순한 성격 덕분에 호기심 반, 경계심 반으로 소은이와 적절한 거리를 두며 나름대로 잘 지내 주는 것이 고마웠지만, 가끔 먼 곳을 멍하니 바라보는 모리 얼굴에 외동 시절에 대한 그리움이 묻어 있는 것 같아 안타까웠다.

새벽 수유의
동반자

신생아는 혼자 아무것도 할 수 없는 존재다. 그런 신생아를 돌봐야 하는 부모는 정신적, 육체적으로 한계에 부딪히는 위기의 순간을 자주 겪는다. 감사하게도 그럴 때마다 장모님의 도움을 많이 받았다. 하지만 누구도 도와줄 수 없는 아내만의 일이 있었으니, 바로 모유 수유였다.

출산 전부터 모유 수유를 결심했던 아내는 낮이고 새벽이고 소은이를 먹이고 트림을 시켜 다시 재우느라 제대로 잘 수가 없었다. 원래도 잠이 많은 편이라 양적으로나 질적으로 부족해진 잠 때문에 정말 많이 힘들어했다. 한 번이라도 새벽에 깨지 않고 통잠을 자보는 게 소원이라고 할 정도였다.

나는 힘들어하는 아내가 마음 쓰여 새벽에 수유하는 동안 옆에서 깨어 있겠다고 했지만, 아내는 "한 명이라도 푹 자야지"라며 출근하는 나를 배려해줬다. 그래도 미안한 마음에 몇 번은 깨어 있었지만, 새벽이면 무겁게 내려앉는 눈꺼풀을 이길 수 없었다.

적막한 새벽, 홀로 잠과 싸우며 수유하는 아내 옆에는 나 대신 모리가 있어 줬다. 아내는 수유를 시작하면 모리가 침대 위로 폴짝 올라와 수유등 옆에 엎드려 있다가, 수유가 끝날 때까지 자리를 지킨다고 했다. 지금도 그때를 떠올릴 때마다 모리에게 고마운 마음뿐이라고 회상한다. 한 손으로는 소은이를 안고, 한 손으로는 곁에 있는 모리를 쓰다듬으며 보낸 새벽 시간이 외롭지 않고 든든하기까지 했다며.

모리는
형아
바라기

소은이를 돌보는 아내를 보면서, 엄마는 아기의 분신 같다는 생각을 했다. 갓 태어난 아기는 모든 면에서 엄마의 돌봄이 필요했다. 그러다 보니 아내의 하루는 소은이를 돌보는 것만으로도 부족했고, 자연스럽게 모리는 내가 도맡아 챙겨 주게 되었다.

소은이의 등장과 함께 누나의 돌봄을 받지 못하게 되자 모리는 점점 형아 바라기가 되었다. 아내는 내가 있고 없고에 따라 모리 표정이 달라 보인다고 했다. 낮에는 잠만 자고 시무룩해 보이는데, 내가 일터에서 돌아오면 움직임도 많아지고 말도 많이 한다는 것이다. 뿐만 아니라 내가 늦게 오는 날이면 안절부절못한다고 했다. 소은이와 하루 종일 붙어 있는 누나를 보면서 형아까지 빼앗기는 것은 아닐까 걱정하는 것 같다는 게 아내의 추측이었다.

모리의 관심을 한 몸에 받는 것은 좋았지만, 그게 불안함에서 비롯된 행동이라 생각하니 미안하고 안타까웠다. 점점 형아 바라기가 되어 가는 모리를 보면서 모리가 소은이를 가족으로 인정하게 되고, 소은이가 커서 모리를 이해하게 될 때까지 모리 편에 서서 더 노력하기로 다짐했다.

소은이
지킴이

아내와 모리, 소은이 셋이서만 있었던 어느 날, 일터에서 돌아오니 아내가 신난 얼굴로 낮에 있었던 일을 들려주기 시작했다.

"아까 낮에 소은이를 눕혀 놓고 모빌을 작동시킨 다음 설거지를 할 때 있었던 일이야. 설거지를 거의 다 했는데 소은이가 갑자기 울더라고. 손에 세제도 묻어 있고, 얼른 설거지를 끝내는 게 낫겠다는 생각에 소은이를 조금 울게 놔 뒀거든? 그런데 나보다 모리가 더 불안해하더라고. 갑자기 침실로 가서 울고 있는 소은이를 한 번 쳐다보더니 나한테 와서 '야옹!' 하는 거야. 급하게 설거지를 마무리하느라 반응을 안 했더니 다시 소은이한테 가서 큰 소리로 '야-옹!' 하고는 방에서 나오면서 나한테 더 큰 소리로 '야-옹!' 하는 거 있지. 소은이가 울고 있는데 왜 안아 주지 않느냐며 꾸짖는 것 같더라니까. 너무 신기하지 않아?"

아내는 평소 소은이가 울면 모리가 자리를 피하는 모습을 보고 '소은이를 좋아하지 않아서 그러는구나' 생각했는데, 지켜 주려는 모습에 감동을 받았다며 정말 좋아했다. 육아가 힘들 때마다 모리가 보여준 그날의 따뜻함을 생각하며 아내는 힘을 냈다. 어쩌면 모리는 '아기가 시끄러우니 좀 조용히 시켜 달라'고 신호를 보낸 것일지도 모르지만, 아내는 "나는 모리를 믿어. 모리는 소은이를 지켜 준 거야" 하며 지금도 그날의 감동을 되새기곤 한다.

육아묘의
달콤한 휴식

　　　　　　　　　　　　　소은이가 태어난 지 한 달째 되던 날, 자주 들르던 집 앞 카페에 소은이와 함께 가 보기로 했다. 둘이 아닌 셋이 되어 하는 첫 외출이라 설렜지만 긴장도 됐다. 모리도 우리 마음 같았을까, 소은이를 안고 현관문을 나서며 본 모리 얼굴엔 근심이 담긴 듯했다. 카페까지 걷는 동안 소은이는 처음 경험한 바깥 분위기에 놀랐는지 미간을 찌푸리고 아내 얼굴만 쳐다보다 잠들었다.

카페는 여느 때처럼 사람들로 북적였고 갓 내린 커피 향이 가득했다. 아내는 수유 때문에 커피를 마시진 못했지만, 오랜만에 집을 벗어나 예전에 누리던 일상으로 잠시 돌아온 것만으로도 좋아 보였다. 지난 한 달간 한 생명을 키우느라 수고한 아내와, 한 생명으로 자라느라 수고한 소은이를 보며 두 사람이 함께 보낸 시간이 얼마나 치열했을까 가슴이 찡했다.

한 시간쯤 흘렀을까, 소은이와의 성공적인 첫 외출을 자축하며 집으로 왔다. 그런데 현관문을 열면 늘 문 앞에서 우리를 반겨 주던 모리가 이날은 평소와 달리 침대에서 자고 있었다. 오랜만에 푹 잔 듯한 얼굴, 나를 보는 반쯤 감긴 눈에는 '벌써 온 거예요? 좀 더 있다가 오셔도 되는데' 하는 아쉬움이 가득해 보였다. 소은이가 집에 온 후엔 한 번도 혼자 있었던 적이 없었으니, 우리의 첫 외출이 모리에게도 꿀 같은 혼자만의 시간이었을 것이다. 누운 채 눈만 꿈뻑이는 모리 머리를 부드럽게 쓰다듬어 주었다.

"지난 한 달 동안 잘 참아 주고, 잘 지내 줘서 정말 고마워."

소은이의
아토피

소은이가 생후 50일쯤 되었을 때 팔과 종아리에 빨갛고 넓은 염증이 생기기 시작했다. 신생아에게 흔한 태열로 여겼는데 점점 나빠지는 피부를 보며 아토피인가 걱정스러웠다. 결국 접종 주사를 맞히기 위해 찾은 소아과에서 그토록 아니길 바랐던 아토피 진단을 받았다. 우리 부부는 물론 다른 가족이나 친척 중에도 아토피 환자는 없었기에 받아들이기 힘들었다.

앞으로 할 일에 대해 설명을 듣는 동안, 의사 선생님이 혹시 동물을 키우냐는 질문을 하실까 봐 조마조마했다. 의학적 근거가 있다 해도 동물을 키우지 말라는 말은 듣고 싶지 않았다. 우리에겐 가족을 멀리하라는 말과 같기 때문이다. 다행히 걱정했던 질문은 받지 않았지만, 반려동물과 함께 사는 가정에서 주의할 점을 알아보기로 했다. 특히 주의할 것은 털과 각질이었다. 우리는 모리와 소은이를 지킨다는 사명감으로 청결에 집중하기로 했다.

소은이는 만 두 살이 넘어서까지도 아토피성 피부염을 앓았다. 심할 때는 잠을 못 잘 정도였지만, 신경 쓰면 안정된 상태로 관리할 수 있었다. 계절에 따라 증상이 심해진 것을 보면 온도와 습도에 민감한 아토피였던 것 같다. 아토피가 나았을 때 이제 모리와 소은이가 걱정 없이 함께할 수 있다는 게 너무나 감사했다. 그 후로 아토피로 고생하는 가족 이야기를 들으면 얼마나 힘들까 싶어 가슴이 아프다. 동물과 함께 사는 것조차 불편하게 만든 이 질병이 하루빨리 정복되기를, 아이들이 동물과 함께하는 자유와 행복을 누릴 수 있기를.

방광염에
걸린
모리

밤에 소은이를 재워놓고 아내와 함께 이야기를 나누는데, 모리가 빨개진 코를 벌름거리며 불편한 표정으로 화장실을 들락거렸다. 왠지 느낌이 좋지 않았다. 화장실 뚜껑을 열어 모래를 뒤적거리자 조그만 소변 덩어리들이 여러 개 나왔다. 방광염의 전형적 증상이다. 소은이가 태어난 후 벌써 세 번째였다.

고양이는 모든 변화를 스트레스로 받아들인다고 한다. 그래서 소은이가 태어나기 전부터 모리가 스트레스를 받지 않게 애썼다. 하지만 새벽마다 들리는 아기 울음소리, 잦아진 진공청소기 소리, 부족해진 놀이 시간, 소은이에게 관심이 몰린 만큼 자기에게 줄어든 관심은 모리에게 큰 변화였을 것이다. 그동안 느낀 스트레스를 방광염으로 표현하는 모리에게 너무나 미안했다.

얼른 여분의 화장실을 꺼내 새 모래를 채우고, 밥그릇엔 따뜻한 물과 습식 사료, 스트레스 완화제인 질켄을 버무려 채웠다. 예민하지만 단순한 모리는 습식 사료를 쩝쩝대며 단숨에 먹어치우고 새 화장실도 모래를 튀겨가며 사용해줬다.

모리를 위한 처방은 '깨끗한 화장실 두 개, 하루에 물 섞은 습식 사료 두세 캔, 스트레스 완화제, 놀이 시간 늘리기'였다. 그리고 내게는 '모리와 더 많이 눈 맞추기, 더 자주 말 걸기, 더 오래 만져 주기'라는 처방을 내렸다. 모리는 방광염으로 사흘간 열심히 화장실을 들락거리며 화장실 모래바닥을 박박 긁어댔다. 그렇게나마 자기 존재와 외로움을 알리고 싶은 것처럼.

아기 눈에
비친
세상

소은이의 움직임이 많아지면서 바닥에 요를 깔고 생활하기 시작했다. 그때부터 모리는 바닥에 누운 소은이가 잘 보이는 침대나 냉장고, 식탁이나 의자 위에서 하루 중 대부분의 시간을 보냈다. 모리에게 소은이는 계속 지켜보며 아직 파악할 것이 많은 존재처럼 보였다. 거리를 두기는 하지만, 그렇게라도 소은이에게 관심을 보이는 모리의 모습이 좋았다.

언제부턴가 소은이도 주변을 얼쩡거리는 모리를 바라보기 시작했다. 처음에는 관심 없는 듯 본체만체하던 소은이의 눈이 모리를 따라다니느라 바빠졌다. 가끔은 뭐가 재밌는지 모리를 보며 방긋방긋 웃기도 했다. 그럴 때면 모리는 부담스러운 듯 무심한 척 고개를 돌려 눈을 감았다.

모리를 응시하는 소은이를 보다가 문득 소은이 눈에는 모리가 어떻게 비칠까 궁금했다. 우리는 모리를 '동물, 고양이, 수컷, 브리티쉬 숏헤어' 등 이미 정해진 관념 아래 바라보지만, 주변의 모든 것이 처음인 소은이에게는 그냥 눈에 보이는 그대로의 모습이 모리일 거란 생각이 들었다. 네 발로 사뿐사뿐 걸어 다니는, 얼굴이 동그랗고 눈이 큰 노란 털북숭이. 졸린 얼굴로 누워 있는 시간이 많지만, 밥때가 되면 움직임이 많아지고 야옹야옹 크게 우는 야옹이. 아직 미숙한 아기지만, 어떤 면에서는 어른들이 미처 보지 못하는 세상을 보고 있을지도 모른다. 아기처럼 편견이나 선입견 없이 주변을 바라볼 수 있다면, 점점 더 각박해지는 이 세상도 좀 너그러워지지 않을까.

백일을 맞은
소은이에게
보내는 편지

                    소은아, 어느새 네가 태어난 지 백일이 지났구나. 그동안 하루가 다르게 커 가는 너를 보며 아빠의 어린 시절을 많이 떠올렸단다. 아빠도 아기였을 때 너와 같이 버둥거리며 울고 웃었을까? 아기였던 아빠를 바라보던 할아버지, 할머니의 마음도 지금 너를 보는 아빠처럼 애틋했을까? 이런 것들을 궁금해하면서 말이야.

모든 것이 처음인 지금, 세상을 마주하는 네 마음은 또 어떨까? 시간이 지나면 너도 아빠처럼 지금의 네 마음을 생생하게 기억해내지 못하겠지? 작은 몸짓과 몇 가지 소리로만 표현하는 네 마음을 아빠가 더 잘 읽고 느낄 수 있다면 얼마나 좋을까? 그러면 네가 아빠랑 대화할 수 있을 만큼 자랐을 때, 지금 너의 느낌이 어땠는지 말해줄 수 있을 테니까.

소은아, 하루하루 커가는 너에게 맞춰 성숙해가는 부모가 되기 위해 우리가 노력하고 있다는 걸 기억해주면 좋겠다. 부모로서 부족한 것이 많아서 아빠 엄마는 자책할 때가 많단다. 빠르게 성장해 갈 네 인생의 속도를 따라가기 벅찰 때도 있겠지만, 깊어져 가는 사랑으로 그 간격을 메우고자 노력할게. 너와 함께 성장하고 성숙하는 부부이자 부모가 되려고 노력할게. 우리에게 주어진 소중한 시간을 아름다운 추억으로 채워가자꾸나. 그래서 서로를 떠올리면 머리가 맑아지고 마음이 따뜻해지는 그런 가족이 되자꾸나.

사랑한다, 아주 많이. 내일은 더 많이 사랑할게.

모리야,
잠 좀
자자

소은이는 잠이 많지 않은 데다 잠귀가 밝았다. 안아주면 잘 잤지만, 바닥에 눕히면 바로 깨어 울음을 터뜨렸다. 그래서 처음 몇 개월간 아내는 손목 인대가 늘어나도 소은이를 품에서 내려놓지 못했고 잠도 푹 잘 수 없었다. 다행히 시간이 흐르면서 소은이가 누워 자는 것에 익숙해졌고 아내도 조금씩 편해지고 있었다.

그때 예상치 못했던 문제가 생겼다. 아내가 소은이를 내려놓는 순간 "야옹" 울며 다가오는 모리 때문에 소은이가 잠에서 깨는 일이 잦아진 것이다. 그동안 얼마나 누나 옆에 오고 싶었을까. 소은이가 아내의 품에서 내려오기를 누구보다 기다린 모리였다.

아내도 반짝이는 눈망울을 하고 "이제 날 좀 봐요" 하듯 들뜬 목소리로 야옹거리며 다가오는 모리를 짠하게 여겼다. 하지만 고요함 속에 겨우 감겨 가던 소은이의 눈이 번쩍 떠지는 순간엔 좌절과 원망이 물밀 듯 밀려와 모리에게 다정하게 대하기가 힘들다고 했다. 조금만 기다려 달라며 다가오는 모리를 밀쳐내기도 하고 방문을 닫기도 했지만, 누나가 왜 자기를 밀어내는지 알 리 없는 모리는 더 크게 울거나 방문을 긁으며 소은이의 잠을 방해했다.

어떤 날 새벽에는 장난감이 든 서랍을 긁고 격렬한 우다다를 하며 우리를 깨웠다. 밤 동안 깨지 않고 자는 '통잠'을 자 본 지 오래된 우리에겐 그런 모리 마음을 읽어 주고 부족한 관심과 사랑을 채워 줄 만한 여유가 없었다. 그저 "모리야, 잠 좀 자자" 하고 부탁할 뿐이었다.

간식의
힘

겁이 많은 모리는 손님이 집에 오면 구석에 숨어 잘 나오질 않았다. 고양이가 낯선 사람을 경계하는 것은 자연스러운 일이라, 가끔 오는 손님 때문에 모리가 잠깐 스트레스를 받는 것은 어쩔 수 없다고 생각했다. 그런데 소은이가 태어나자 상황이 달라졌다. 아내의 산후조리를 위해 장모님이 자주 오셨고, 소은이를 보고 싶어 하는 지인들이 찾아오는 일도 많아졌다. 이전보다 자주 구석에 숨어 불편한 얼굴로 있는 모리가 마음에 걸렸다.

손님이 오는 것을 모리가 좋아하게 할 수는 없을까? 우리는 오는 손님마다 모리에게 간식을 주며 친해지게 해 보기로 했다. 마침 모리는 다이어트 식단으로 늘 배고파했기 때문에 더 효과가 좋을 거라 생각했다.

방문하는 손님의 손에 간식 봉지를 쥐여주며 "모리야" 하고 부르게 했다. 그러면 숨어 있던 모리가 조심스러운 발걸음으로 나와 간식 봉지를 봤다. 여전히 경계는 했지만, 남녀노소 누가 간식을 주든 모리는 잘 받아먹었고, 손님들도 그런 모리를 귀여워했다.

이제는 손님이 오면 부르지 않아도 모리가 먼저 나와서 주변을 서성인다. 손님이 많이 올수록 모리의 다이어트가 제자리걸음을 하게 되어 안타깝지만, 그때마다 간식을 먹을 수 있다는 기쁨이 묻어나는 모리의 얼굴을 보면 그만 웃게 된다.

첫
터치

소은이가 어느새 배밀이를 하기 시작했다. 전에는 누워서 모리를 바라보는 게 전부였지만, 이제 스스로 다가갈 수 있게 된 것이다. 하지만 모리는 소은이가 가까이 오는 것을 쉽게 허락하지 않았다. 힘겹게 몸을 옮기며 느릿느릿 다가오는 소은이를 "어!? 제법 움직이네?" 하는 표정으로 가만히 보다가 가까워지면 슥 피했고, 소은이는 아쉬운 듯 모리의 뒷모습만 바라봤다.

모리가 기분 좋았던 어느 날, 다가오는 소은이를 모른 척 기다려 주었다. 드디어 모리 곁에 도착한 소은이는 손바닥으로 톡톡 두들겨 보더니 손가락으로 꾸욱 눌러 보기도 하고 손끝으로 털을 살짝 잡아당겨 보기도 했다. 나는 혹시 소은이가 모리를 아프게 할까 싶어 긴장한 얼굴로 모리를 살피면서, 언제든 소은이를 떼어놓을 수 있게 준비하고 있었다.

우리는 매일 소은이 앞에서 "예쁘다, 예쁘다" 하면서 모리를 부드럽게 만지는 모습을 의도적으로 많이 보여줬다. 그래서였을까, 소은이도 모리를 조심스럽게 만지는 것 같았다. 나는 소은이의 손을 잡고 모리 등을 천천히 쓰다듬었다. 모리는 조금 놀라며 힐끔 돌아봤지만 나를 보더니 안심한 듯 기다려 줬다.

"예쁘다, 예쁘다. 모리 참 부드럽지?"

내 손을 살짝 떼니 소은이 혼자서 천천히 모리를 쓰다듬었고, 모리도 피하지 않았다. "모리야, 소은이를 기다려 줘서 고마워" 하고 인사하는데 괜스레 눈물이 날 것 같았다.

두 번째
생일
축하해

2016년 10월 31일, 모리의 두 번째 생일. 소은이가 태어난 후 많은 것을 양보하고 고생한 모리를 위해 조촐한 파티를 열기로 했다. 모리에게만 집중할 수 있도록 소은이는 먼저 재우고 조용하게 시작했다. 생일 파티에 빠질 수 없는 음식이 케이크지만, 고양이용 케이크를 준비하지 못했다는 핑계로 우리가 먹고 싶은 걸로 사 왔다. 대신 생일 선물로는 모리가 좋아하는 간식을 종류별로 준비했다.

잔뜩 쌓아 놓은 간식 앞에 앉은 모리는 케이크에 꽂은 촛불이 흔들리는 모습을 신기한 듯 바라봤다. 우리가 사진을 찍어대자 "이분들이 왜 이래?" 하는 듯한 겸연쩍은 표정을 지었지만, 오랜만에 홀로 받는 관심이 좋은 듯 자리를 가만히 지켰다.

"모리야, 태어나 줘서 고맙고, 우리에게 와 줘서 고마워. 그리고 너를 낳아 준 엄마 아빠에게도 고마워. 네가 있어서 우리 삶이 더 따뜻해졌어. 너의 삶도 우리로 인해 따뜻할 수 있도록 노력할게. 우리 오래도록 함께 건강하고 행복하자!"

좋은
주치의가
되어주세요

가끔 감기에 걸렸을 때 가까운 병원에 가는 게 전부였던 아내와 나는 감사하게도 한 병원을 꾸준히 다닐 만큼 아픈 적이 없었다. 그러다 아내가 임신했을 때 처음으로 산부인과 선생님을 주치의로 만났다. 처음에는 한 달에 한 번, 나중에는 2주에 한 번, 막달에는 1주에 한 번. 진료할 때마다 선생님은 친절하게 검진 결과를 설명해 주시고 질문도 잘 받아 주셨다. 꾸준히 진료를 받으면서 아내는 선생님을 많이 의지했다. 친절함 덕분인지 선생님의 진료실에는 늘 대기 환자가 많아서 예약해도 기다려야 했지만, 아내는 그분께 진료받는 게 마음 편하다며 기다림을 수고롭게 여기지 않았다.

주기적으로 접종과 검진이 필요한 소은이도 집 근처 소아과 선생님을 주치의로 만났다. 선생님은 소은이를 예뻐해 주시고, 신생아에 대해 모르는 것도 많고 불안한 것도 많은 우리에게 필요한 이런저런 이야기를 들려주며 많은 도움을 주셨다.

임신과 육아 과정에서 주치의를 만나면서 아내는 동물병원에서도 주치의가 얼마나 중요한지 생각하게 되었다고 했다. 모리를 데리고 동물병원에 다녀 본 경험이 없었던 아내는 소아과를 다녀 보니 보호자들 마음이 이해된다며, 나에게 꼭 좋은 주치의가 되어달라고 진지하게 부탁했다. 이후로 진료가 '매일 하는 익숙한 일'이자 그저 직업으로 느껴지려 할 때마다 가족을 떠올린다. 내게 오는 환자들이 모리와 소은이고, 보호자들이 아내라고 생각하면 진료에 진심을 담게 된다.

아이는
부모의
거울

소은이가 태어난 뒤로 모리의 발톱과 털 관리에 좀 더 신경 쓴다. 특별한 방법은 없고, 부지런히 발톱을 깎고 빗질을 해 주고 돌돌이로 청소를 한다.

고양이에게 발톱은 매우 소중한 신체 부위다. 날렵한 몸동작을 할 때나 자신을 보호할 때 필요하기 때문이다. 그런 발톱을 깎을 때마다 "모리야, 미안하고 고마워"라며 달래보지만 별 위로가 되지 않는 듯하다. 모리의 눈빛에 '겨우 날카롭게 벼른 발톱인데…' 하는 상실감과 원망이 엿보이기 때문이다.

다행히 빗질은 모리가 즐기는 일 중 하나다. 털이 온 집에 흩날리지 않도록 서재 방에 모리와 단둘이 오붓하게 들어가 빗질을 하는데, 여러 종류의 빗을 바꿔가며 빗다 보면 어느 순간 털이 덜 빠지기 시작한다. 그때쯤이면 모리도 지겨운 듯 방문을 보며 벗어나려 한다. 문을 살짝 열어 모리만 거실로 내보내고 털로 어질러진 방을 돌돌이와 진공청소기로 깨끗이 치우면 빗질이 끝난다. 목욕을 자주 시킬 수 있으면 좋겠지만, 모리는 목욕을 너무 무서워해서 연중행사로 정하고 1년에 한 번씩 겨우 하고 있다.

언제부턴가 이불을 펴면 소은이가 돌돌이를 들고 온다. 매일 밤 그걸로 이불 정리를 하는 엄마를 보며 배운 것 같다. 몸집에 비해 커다란 돌돌이를 고사리손으로 굴리는 모습을 보면 마냥 귀여워 웃음이 난다. 소은이가 우리를 보며 고양이와 더불어 사는 법을 배우는 모습을 볼 때면 '아이는 부모의 거울'이라는 말이 떠올라 책임감을 느낀다.

털과
함께

고양이와 아기를 같이 키우면서 가장 불편하고 신경 쓰이는 것이 털 날림이다. 나와 아내는 고양이 털에 예민한 편이 아니어서 별 불편함을 못 느꼈는데, 소은이가 태어나고 나서는 집 구석구석 날아다니는 털들이 새삼 신경 쓰이기 시작했다. 소은이는 고양이가 사는 집에 태어났다는 이유로 신생아 시절부터 얼굴과 옷에 고양이 털을 붙이고 살았다. 신생아가 있는 집인 만큼 아기를 만질 때마다 손을 씻고 아기 물건들을 주기적으로 소독하며 청결에 신경 썼지만, 고양이 털은 완벽하게 치울 수 없었다. 가능한 한 청소를 열심히 하는 일이 고양이와 아이를 함께 키우는 우리 책임을 다하는 길이었다.

평소 고양이 털 관리는 어떻게 하는지 질문을 자주 받는다. 하지만 특별한 비결은 없다. 빗질을 자주 하고 환기시키며 청소하고, 평소 돌돌이를 자주 사용하는 게 전부다. 유일하게 특별한 방법이 하나 있다면 분무기로 공기 중에 물을 뿌려 날아다니는 미세먼지와 모리의 털을 가라앉힌 뒤 걸레질을 하는 것 정도다. 소은이가 면역력이 약한 신생아일 때는 청소하는 데 한 시간 넘게 정성을 쏟았다.

종종 "고양이는 키우고 싶은데 털 때문에 고민이예요"라며 조언을 구하는 사람을 만난다. 냉정하게 들릴 수 있지만 "털과 함께 살 생각이 아니면 고양이를 키우지 않는 게 좋겠어요"라고 말해준다. 고양이의 매력에 빠지면 털은 아무 문제로 느껴지지 않겠지만 말이다.

아기와 사는
고양이의
고충

누워만 있던 소은이가 목을 가누고 뒤집기를 하더니 스스로 앉고 기어 다니기 시작했다. 아이가 자라는 것을 보면 그 안에 잠재된 생명력에 놀랄 때가 많다. 겉으로 보기에는 매일 먹고, 자고, 싸고, 꼼지락거릴 뿐인데 작은 몸 안에서는 하루하루 새로운 일들이 일어난다. 온 생명을 다해 자라고 있는 아이의 크고 작은 변화들을 볼 때마다 기특하고 고맙다.

나에겐 소은이가 기기 시작한 것이 사랑스러운 아이의 성장으로 느껴졌지만, 모리에겐 고생길의 시작을 알리는 반갑지 않은 변화였다. 소은이가 처음 움직일 때는 "어? 얘가 이세 움직이네?" 하고 놀라는 표정을 지으면서도 느리게 움직이는 소은이 모습에 여유 있게 앉아 있던 모리였지만, 날이 갈수록 기어 다니는 속도가 빨라지면서 어느새 옆에 다가온 소은이를 보고 화들짝 놀라 달아날 때가 많아졌다. 아기와 같이 사는 고양이라면 피할 수 없는 '아기 피하기'라는 고충이 모리에게도 시작된 것이다. 소은이가 성장할수록, 우리는 모리가 안전하게 자신만의 시간을 누릴 수 있는 공간을 마련해 주기 위해 고민해야 했다.

밥그릇은
높이,
더 높이

"우리 애가 기어 다니면서 고양이 사료도 집어 먹고 바닥에 떨어진 화장실 모래도 주워 먹어."
육아육묘를 하는 친구들에게 종종 듣던 푸념이 이제 우리 이야기가 되었다. 모리가 어릴 때 그랬듯이 소은이도 손에 잡히는 것은 뭐든 입으로 가져갔다. 작은 손으로도 쉽게 쥘 수 있고 입에 넣기도 좋은 모리 밥은 바닥에 있는 물건 중 소은이의 '관심 대상 1호'였다.

이 무렵부터 모리 밥그릇을 높은 곳에 올려두었다. 모리가 불편해지게 된 것이 미안했지만, 방해받지 않는 식사 시간을 확보해 주려면 어쩔 수 없었다. 의도치 않았지만 운동량을 조금이나마 늘릴 수 있겠다는 생각도 들었다.

동물병원에서 일하다 보면 개와 고양이를 함께 키우는 분들로부터 "우리 개가 자꾸 고양이 사료를 먹어요"라는 고민을 들을 때가 있다. 그때마다 나는 고양이 밥그릇을 높은 곳에 두라고 말씀드리곤 했다. 소은이 때문에 모리의 밥그릇을 높은 곳으로 옮기면서, 보호자 분들께 내가 했던 조언이 떠올라 웃음이 났다.

'아기 때문에도 고양이 밥그릇을 높은 곳에 두어야 하는구나.'
먹성 좋은 모리는 밥그릇이 있는 책상을 오르내리는 수고를 마다하지 않는다. 밥이 있는 곳을 향하는 모리의 설레는 발걸음, 경쾌한 도움닫기, 묵직한 듯하지만 가벼운 점프. 모리의 모습에서 좋아하는 것을 위한 수고는 번거롭지도 무겁지도 않음을 본다.

혼자
놀고
싶어요

모리는 어릴 때부터 놀이 시간을
좋아했다. 깃털 달린 낚싯대나 카샤카샤 붕붕 같은 장난감을 흔들면
헉헉거리며 숨을 몰아쉴 때까지 뛰어다녔고, 종종 장난감이 든 서랍
을 긁으며 애처로운 눈빛으로 놀아 달라 조르기도 했다.

소은이가 기어 다니는 것에 익숙해지면서 모리는 좋아하던 놀이 시
간을 방해받았다. 아이에게도 소리가 나고 빠르게 움직이는 고양이
장난감은 매력적인 물건이었기 때문이다. 장난감을 꺼내면 모리가
먼저 달려왔지만, 이에 질세라 소은이도 뒤따라 왔다. 이런 상황에서
모리는 눈으로는 장난감을 보지만, 귀를 쫑긋 세우고 소은이가 다가
오는 걸 의식하느라 놀이에 집중하지 못했다. 장난감을 독차지하며
혼자 놀기에 익숙했던 모리는 이런 상황을 견디지 못하는 듯했다.

요즘엔 소은이가 잠든 밤에 놀이 시간을 갖는다. 소은이가 깨지 않도
록 장난감 종류와 놀이 공간에 제한을 두기는 하지만, 예전처럼 두
눈을 반짝이며 민첩하게 집중력을 발휘하는 모습을 보면 낮 동안 모
리에게 쌓였을 스트레스가 사라지는 것 같아 안도감을 느낀다.

내가
사랑하는
아침 풍경

우리가 두 번째로 살게 된 집에는 아침이면 거실로 햇빛이 길게 들어왔다. 기어 다니며 옹알이하는 소은이, 밥 달라며 야옹거리는 모리와 함께 따뜻한 햇살을 받으며 맞이하는 아침은 언제나 동화 속 장면처럼 평화로웠다.

잠을 잘 자서 개운한 걸까, 모리와 소은이는 아침마다 기분이 좋아 보였다. 덕분에 낮에는 서먹하고 거리를 유지하던 둘 사이가 아침에는 좀 가까워졌다. 모리는 소은이가 조금씩 만져도 자리를 떠나지 않고 모른 척했고, 소은이도 그런 모리를 거칠게 만지지 않고 부드럽게 대했다. 둘은 서로를 다 이해하지는 못해도 있는 그대로의 모습을 인정하는 것 같았다.

잠깐이지만 두 녀석의 아름다운 공존을 볼 수 있는 아침 시간이 내겐 정말 소중했다. 그 모습을 볼 때마다 머릿속에 그림을 그리고 마음에 느낌을 담았다. 언제든지 꺼내 볼 수 있는 추억이라는 이름으로.

주는 기쁨을
처음
배우다

        모리가 양치질을 즐겁게 받아들이도록 양치가 끝나면 칭찬하는 뜻으로 가끔 치석 과자를 준다. 그날도 모리에게 과자를 주는데, 간식 먹는 모리를 옆에서 유심히 보던 소은이가 자기도 주겠다며 손짓했다. '소은이가 주는 간식도 받아먹을까?' 아직 손끝이 야물지 못해서 간식을 먹으려는 모리에게 물리진 않을까 걱정됐지만, 조심성 있는 모리를 믿어보기로 했다.

손에 치석 과자 하나를 쥐여주자 소은이는 나를 흉내 내듯 모리를 향해 손을 내밀었다. 모리는 소은이의 조그만 손이 쥔 과자를 보자 당황하는 눈치였다. 어떻게 먹어야 힐까 닭처럼 고개를 앞뒤로 움직여 보고, 이쪽저쪽 갸우뚱거리더니 결심한 듯 입을 내밀고 다가왔다. 모두가 긴장한 그때, 다행히 모리는 소은이가 엄지와 검지로 쥐고 건넨 간식을 앞니로 조심스럽게 물었고, 소은이도 적절한 시점에 손을 놓았다. 처음으로 모리가 자기에게 간식을 받아먹자 내게 고개를 돌린 소은이의 커다래진 눈동자에는 뿌듯함과 놀라움이 함께 비쳤다. 긴장이 감동으로 변하는 짜릿한 순간, 우리는 서로 바라보며 깔깔 웃었다. 소은이에게 조심스럽게 행동하는 모리, 주는 기쁨을 처음으로 알게 된 소은이를 보며 마음이 따뜻해졌다.

신이 난 소은이는 간식을 계속 주려고 했다. 모리는 그런 소은이를 의식한 듯 더 맛있게 먹어 줬고, 평소보다 많은 과자를 먹을 수 있었다. 그 뒤로 모리의 간식 봉지만 꺼내면 소은이는 자기가 주겠다며 떼를 쓴다. 모리도 손 큰 소은이가 주길 내심 바라는 눈치다.

아빠도
육아 휴직이
필요해

동물병원 개원 준비를 위해 2017년 1월 1일 직장을 그만뒀다. 개원 준비도 중요했지만, 홀로 소은이의 양육을 감당해 온 아내와 육아를 함께하고, 그간 소외감을 느꼈을 모리도 직접 챙기고 싶었다.

처음에는 사랑하는 가족과 있는 것만으로 마냥 좋았다. 일찍 일어나는 소은이 때문에 늦잠을 못 자도 모리가 야옹야옹, 소은이가 옹알옹알거리며 어울리는 아침을 함께할 수 있어 행복했고, 아침 수유를 끝내고 피곤해하는 아내를 더 자게 할 수 있어 뿌듯했다. 종일 곁에서 지켜보니 소은이가 원하는 것을 해 주느라 밥 한 끼 마음 편히 먹지 못하고, 늘 쪽잠을 자면서 샤워 한 번 제대로 못 하는 아내의 일상은 생각보다 훨씬 고되었다.

그렇게 일주일쯤 보냈을까, 반복되는 육아에 조금씩 지쳐가는 나를 발견했다. 고작 며칠 함께했을 뿐인데 벌써 이러다니…. 그동안 혼자 육아를 감당하다시피 한 아내의 노고와, 소은이에게 많은 것을 양보하며 묵묵히 육아에 동참해 온 모리의 희생이 뚜렷하게 보였다.

자체 육아 휴직에 접어든 지 2주. 육아는 아이의 생물학적 필요를 채워주는 일이기도 하지만, 아이와 함께 시공간을 공유하며 정서를 나누는 일이란 생각이 든다. 집안 경제를 책임지기 위해 밖에서 보내는 시간이 많은 아빠들에게도 육아 휴직은 꼭 필요하다. 아이와 추억을 쌓을 수 있고, 육아의 어려움을 느낄 기회를 갖는 것 자체도 의미 있기 때문이다. 아빠의 육아 휴직이 당연해지는 사회가 되면 좋겠다.

준비된
고양이의
친구

　　　　　　　　　작은방 책상 서랍 한 칸에 모리의
장난감을 모아둔다. 모리도 그 사실을 알기 때문에 종종 놀아달라며
장난감 서랍을 긁곤 한다. 한데 소은이가 온 집 안의 문이란 문은 다
열어 보고 서랍이란 서랍은 다 열던 시기, 왕성한 호기심이 그만 모리
의 장난감 서랍에 꽂혔다. 펠트 공, 깃털 달린 낚싯대, 오뎅 꼬치, 레이
저 포인터, 카샤카샤, 캣닢 쿠션, 전동 벌레 등 온갖 장난감이 소은이
손에 잡혀 하나씩 나왔다. 언제나 서랍이 열리기만 기다리던 모리는
어느새 소은이 옆에 자리를 잡고 앉아 있었다.

소은이가 뭐든 입으로 가져가는 시기였기 때문에 주의 깊게 지켜보
고 있었는데, 신기한 일이 일어났다. 소은이가 모리의 장난감을 입으
로 가져가지 않고 손에 쥐고 흔드는 게 아닌가! 사용법을 가르쳐 준
적도 없는데 내가 모리랑 놀던 모습을 따라 하는지 낚싯대를 열심히
흔들어댔다.

그런 소은이를 보고 모리는 같이 놀아야 할지 말아야 할지 헷갈리는
표정이었다. 아직은 소은이에게 마음을 온전히 열지 않았던 터라 처
음엔 흔들리는 장난감에 무심한 척했지만, 곧 자기도 모르게 팔을 뻗
으며 점프하고 말았다. 그런 제 모습에 당황하며 자존심이 상한 듯
무안한 표정으로 자리를 피하긴 했지만 '소은이가 좀 더 크면 둘이
재미있게 지내겠구나' 하는 기분 좋은 기대가 생기는 순간이었다.

고양이
라디오 프로그램이
있다면

아내는 육아를 하는 동안 라디오 프로그램을 종종 들었다. 아직 말을 못 하는 소은이와 둘만 있다 보면 외로울 때가 있단다. 그럴 땐 집 밖 세상 이야기가 궁금하기도 하고 그냥 사람 목소리 자체가 그리워 라디오를 듣는다고 했다. 아이 때문에 텔레비전을 오래 틀어놓을 수는 없으니 차선책으로 택한 게 라디오였다. 고3 수험생 시절 이후로 십여 년만에 라디오 프로그램을 즐겨 듣게 된 아내는 사람들의 사연을 들으며 웃기도 울기도 한다. 아이를 위해 틀어놓은 동요나 클래식만 듣다가 DJ와 게스트들이 웃는 소리를 듣거나, 간간이 흘러나오는 추억의 가요를 듣다 보면 자신도 모르게 기분 전환이 된다고 했다.

어느 날 라디오를 듣던 아내는 문득 '애묘인을 위한 라디오 프로그램이 있으면 어떨까?' 하는 생각을 했단다. 우리 집 고양이나 길에서 만난 고양이와의 재미있는 에피소드를 사연으로 보내기도 하고, 고양이에 대해 궁금한 점이나 고민을 사연으로 보내면 서로 답해 주기도 하고, 수의사나 전문가들을 게스트로 섭외해 다양한 정보도 제공해 주는 그런 프로그램 말이다. 실종된 고양이를 찾는 광고나 유기묘 보호단체 활동을 홍보해 주는 것도 참 좋을 것 같다며 신나게 생각의 나래를 펼쳤다. 고양이를 좋아하는 친구들 두세 명만 만나도 고양이 이야기로 시간 가는 줄 모르는데, 전국 애묘인들이 다 같이 모여 편하게 수다를 떨 수 있는 라디오 프로그램이 있다면 얼마나 재미있을까? 그런 프로그램이 생긴다면 나도 애청자가 될 것 같다.

사진으로
불러낸
추억

        소은이가 잠들면 가끔 아내와 함께 휴대전화 속 사진들을 본다. 텔레비전 속 타인의 삶을 들여다보는 것도 재밌지만, 사진 속 우리의 삶을 돌아보는 일은 해도 해도 질리지 않는다.

"소은이가 이렇게 작았구나, 정말 귀엽다. 이땐 매일 힘들다고 투정 부렸는데 뭐가 그렇게 힘들었을까? 이렇게 예쁘기만 한데."

사진 속 소은이 모습을 보며 두런두런 얘기를 나눈다. 웃고 있는 사랑스러운 모습 때문일까, 예전 사진을 뒤적이면 힘들거나 나빴던 기억은 사라지고 좋았던 기억만 떠올라 가슴이 촉촉해진다. 그렇게 사진을 보다 보면 소은이가 아직 태어나지 않았던, 모리의 어린 시절까지 거슬러 올라간다.

"이때 모리 표정 좀 봐. 지금이랑 다른 것 같아. 너무 만족스러워 보이는 표정이야. 누워 있는 모습도 훨씬 편해 보이고…. 그러고 보니 요즘은 이런 표정이나 모습을 보기 힘든 것 같아. 모리에게는 이때가 더 행복했을까?"

우리는 미안한 마음에 곁에 있는 모리의 표정을 살폈다.

"우리 모리한테 더 잘해줘야겠다. 모리야 미안해, 고마워, 사랑해."

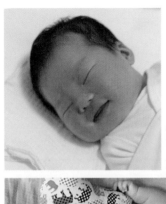

낮잠
시간의
평화

아기가 잠을 잘 자면 부모도 삶의 질이 높아진다. 밤잠도 중요하지만 낮잠 시간은 다른 일을 하거나 쉬면서 잠시나마 숨을 돌릴 수 있는 달콤한 시간이어서, 낮잠을 잘 재우기 위해 많은 공을 들이게 된다. 많은 부모들이 "아기는 잘 때가 제일 예뻐!"라며 우스갯소리를 하는 것도 이런 이유에서일 것이다.

소은이는 잠이 적고 잠이 들었다가도 작은 소리에 잘 깨는 편이어서 낮잠을 재우기도 힘들었다. 그래서 소은이가 잠든 후에도 아내는 옆에 누워 조용히 있어야 했다. 할 수 있는 일이라곤 휴대전화를 보거나 책을 읽거나 쪽잠을 자는 정도였지만, 아내에게 이 시간은 정말 소중했다.

이 시간을 소중히 여기는 건 모리도 마찬가지였다. 조용한 것도 좋지만, 소은이에게 양보한 관심을 받을 수 있는 시간이었기 때문이다. 소은이가 잠들면 어디선가 모리가 나타나 아내에게 다가온다. 마치 아침부터 이 순간을 기다린 것처럼 "누나, 나도 여기 있어요" 하는 밝은 표정으로 다가오는 모리. 아내가 부드럽게 얼굴을 쓰다듬으면 녀석은 머리맡에 누워 조용히 그르렁거리다 슬며시 눈을 감고, 미소 띤 입가에 행복을 머금은 채 잠든다. 째깍거리는 시계 소리만 공명하는 고요한 시간, 우리 가족 모두에게 평화가 찾아오는 순간이다.

표현보다
깊은
사랑

소은이가 면역력 약한 신생아일 때 다른 일을 하다 소은이를 만지려면 항상 손을 씻어야 했는데, 모리를 만지고 나서도 예외는 아니었다. 하루에도 수십 번씩 손을 씻다 보니 모리를 만지고 매번 손을 씻는 일도 번거롭게 느껴져 낮 동안에는 이전처럼 모리를 자주 쓰다듬지 않게 되었다. 설상가상으로 아내는 안겨 있어야만 자는 소은이를 거의 하루 종일 안고 있느라 두 손이 자유롭지 못해서 더 모리를 만져 줄 수가 없었다. 가끔 모리가 앞에 와서 드러누워 만져 달라고 애교를 부리면 조심스럽게 발로 쓰다듬어 주는 게 전부였다.

모리는 어릴 때부터 발로 만지려고 하면 누워 있다가도 불쾌한 표정을 지으며 벌떡 일어나 자리를 피하는, 나름대로 지조 있는 고양이였다. 하지만 달라진 현실을 받아들인 걸까, 소은이가 태어나고 우리의 관심과 손길이 줄어들면서 언제부턴가 발로만 만져도 좋아서 벌러덩 누워 그르렁거렸다.

뿐만 아니라 가까이 두는 것조차 싫어하던 돌돌이도 언제부턴가 털을 떼어 볼 요량으로 몸에 대고 살살 굴리면 그르렁거리며 등을 대주고 적극적으로 몸을 요리조리 돌리며 좋아했다. 그렇게 질색하던 발과 돌돌이를 좋아하게 되다니⋯. 안쓰럽고 미안한 마음이 들었다. 소은이가 잠들자 다가온 모리에게 "지금은 우리가 사랑하는 만큼 너에게 표현하지 못할 뿐이지, 너를 향한 사랑의 깊이는 전과 다름없어" 하고 말해줬다.

고양이와
아이의
공통점

모리랑 소은이와 함께 있는 시간이 많은 아내는 자주 이런 말을 한다. "우리 집 생명체는 다 식탐이 많아." "우리 집 생명체는 다 말이 많아." "우리 집 생명체는 다 통통해." "우리 집 생명체는 왜 다 귀엽지?" 아쉽게도 말수가 많지 않고 귀엽지도 않은 나는, 아내가 말하는 '우리 집 생명체'에서 제외된다. 아내는 이것 말고도 둘이 비슷한 점이 많다고 한다.

박스처럼 좁은 곳에 들어가는 걸 좋아한다. / 빛이 잘 드는 곳을 좋아한다. / 집에 새 물건이 들어오면 제일 먼저 관심을 보인다. / 이불 정리를 하면 어디선가 나타나 이불 위에 눕는다. / 창밖 구경을 좋아한다. / 높은 곳에 올라가는 것을 좋아한다. / 높은 곳에 있는 물건들을 바닥으로 떨어뜨린다. / 바닥에 떨어진 머리핀, 장난감 같은 작은 조각들을 이리저리 던진다.

이렇듯 닮은 점이 많은 둘을 보면 아내는 신기하고 재미있는 모양이다. 하지만 한편으로는 하루가 다르게 성장하는 소은이를 보며 이런 생각도 든다고 한다.
"소은이는 커 가면서 이런 모습들이 사라지겠지만, 모리는 평생 지금처럼 아이 같은 모습이겠지?"

기다려주는
사랑

새끼고양이는 눈이 감기고 귀가 닫힌 채 태어난다. 엄마 고양이의 헌신적인 보살핌이 없으면 살아남을 수 없는 존재다. 엄마 고양이는 출산하는 순간부터 새끼들의 대소변을 받아내고 닦아주느라 제 몸을 돌볼 겨를이 없고, 시도 때도 없이 젖을 빠는 녀석들 때문에 제대로 먹지도 편하게 잠들지도 못한다. 약 두 달간의 수유 기간 동안 엄마 고양이가 마르고 푸석해지는 만큼, 새끼고양이들은 포동포동 살이 오르고 뽀송뽀송 예뻐진다.

사람도 마찬가지다. 아기는 태어나 우는 것 말고는 스스로 할 수 있는 것이 거의 없다. 먹는 것, 싸는 것, 심지어는 자는 것조차 도움이 필요하다. 소은이가 태어나면서 매 순간 엄마로서 몸을 아끼지 않는 아내를 보며, 사람들을 바라보는 내 시선에도 변화가 생겼다. 모두가 이런 사랑을 받았을 거라 생각하니 우연히 마주치는 사람들도 귀하게 보였다. 내가 오늘 많은 일을 능숙하게 하는 건 스스로 그렇게 된 것이 아니었다. 실수투성이에다 서툴던 나를 포용하고 기다려 준 누군가의 사랑이 있었기에 가능한 일이었음을 새삼 깨달았다.

손가락 하나로 정확한 정보를 빠르게 얻는 시대에 살다 보니 점점 남의 실수와 기다림을 못 견디는 사람이 되어 가는 것 같다. 우리 모두가 사랑의 빚을 졌다는 사실을 잊지 않는다면 조금은 너그러워질 수 있지 않을까. 미숙하고 서툴다는 건 아직 사랑이 필요하다는 뜻이니까.

모기
레이더

　　　　　　　　　　　여름이 되면 모기 때문에 밤잠을
설치는 날이 꼭 있다. 우리 집은 모리의 건강을 위해 살충제를 쓰지
않아서 벌레가 보이면 직접 잡아야 한다. 특히 소은이가 모기에 물리
면 많이 붓고 가려움증도 심해서 며칠을 고생하기 때문에 모기를 놓
쳐서는 안 됐다.

고양이는 소리 내며 빠르게 움직이는 대상을 보면 사냥 본능을 불태
운다. 특히 벌레는 고양이가 좋아하는 사냥감 중 하나다. 평소 온순
한 나무늘보 같은 모리도 벌레가 나타나면 동공을 확장해 시야를 확
보하고 자세를 낮춰 몸을 숨기며 뒷다리 근육을 탄탄하게 긴장시킨
다. 잠들었던 사냥꾼의 기질을 드러내는 것이다.

모기의 활동이 많은 여름날 저녁, 평화롭기만 하던 모리의 움직임이
갑자기 민첩해지면 불청객이 나타났다는 신호다. 먼저 귀를 세우고
청각에 집중하며 모기의 날갯짓 소리가 나는 방향을 찾는다. 그러곤
주변의 모든 빛을 흡수할 것처럼 동공을 크게 키워 시각에 집중한다.
모기를 찾은 뒤엔 거리를 가늠하는 듯 입 주변부터 수염 끝까지 힘을
채우고 모기에게서 눈을 떼지 않는다.

이때가 골든타임이다. 우리는 모리가 집중하는 곳에서 모기를 찾아
모리보다 먼저 잡는다. 그럴 때마다 황당한 얼굴로 우리를 쳐다본다.
사냥감을 빼앗은 셈이라 미안하지만 그런 모리의 모습이 마냥 귀여
워 자꾸 웃음이 난다. 이번 여름에도 우리 집 '모기 레이더'의 활약을
기대해 본다.

모리의
하루
시간표

오전

08:30 소은이가 일어나 칭얼거리는 소리에 잠에서 깨어 하루 시작

09:00 출근 준비하는 형아를 따라다니며 밥 달라고 조르기

09:30 소은이가 아침밥 먹는 동안 자기도 아침밥 먹기

09:40 밥 먹고 그루밍하기

09:50 화장실 다녀와서 그루밍하기

10:00 햇빛이 잘 드는 곳에서 일광욕하며 소은이 노는 모습 구경하기

10:20 환기하는 동안 창턱에 올라가 신선한 바깥 공기 마시기

10:30 누나가 청소기 돌리면 이 방 서 방 도망 나니기

11:20 청소가 끝나면 햇빛이 잘 드는 곳에서 다시 일광욕하기

11:40 돌아다니며 노는 소은이를 피해서 잠자기

오후

14:00 소은이 낮잠 잘 때 누나 옆에 누워서 잠자기

16:00 소은이 깨면 소은이 피해 다니며 계속 잠자기

18:00 누나가 저녁 식사 준비하면 일어나 밥 달라고 조르기

18:30 소은이 밥 먹는 동안 밥 달라고 조르기

20:30 소은이 목욕하는 동안 밥 달라고 조르기

21:00 소은이 우유 먹는 동안 드디어 저녁밥 먹기

21:30 누나가 소은이 재우러 방에 들어가면 거실에서 형아 기다리기

22:00 형아 들어오면 반겨주기

23:00 소은이 잠들면 형아랑 누나랑 놀기

새벽

01:00 형아, 누나가 침실에 들어가면 소은이 옆에 누워 하루 마무리

01:00~08:30 화장실 다녀오고 자리 옮겨가며 잠자기

아이와
함께 사는
고양이

　　　　　　　　　　　"소은이는 모리가 자기 물건을 건
들면 '아아아아~' 소리치고 손을 휘휘 저으며 뺏어오고, 내가 모리를
만져주면 '또은이, 또은이' 하며 내 손을 가져가 자기 머리를 만지게
한다. 내심 이런 모습들이 반갑다. 소은이와 모리가 진짜 관계를 맺어
가고 있구나 싶다. 그렇게 좋아도 하고 질투도 하고 양보도 하고 배려
도 하며 좋은 친구로 함께 살아가길 바란다."

언젠가 아내가 적은 글이다. 소은이가 외동이라 형제간에 생기는 갈
등과 화해를 경험할 수 없는 것을 염려하던 아내는 형제처럼 곁에 있
이 주는 모리에게 고마워했다. 모든 것을 독차지하며 딘조로울 수 있
는 소은이의 마음에 다양한 감정의 진동이 일어나고, 그것을 표현할
수 있으니 말이다.

요즘 소은이는 모든 게 싫다고 외치는 시절을 보내고 있다. 두 돌 전
후로 '싫어 병', '아니야 병'의 시기가 온다더니 정말 그랬다. 우리도
그렇지만 모리도 이전보다 더 힘들어 보인다. 불편한 상황이 생길 때
면 자리를 피해버리는 녀석의 뒷모습을 볼 때마다 눈치 볼 일 없이
자유로웠던 외동 고양이 시절에 대한 그리움이 묻어나는 것 같아 마
음이 짠하다.

날마다 자라는 아이에게 적응하느라 수고하는 고양이. 이것이 아이
와 함께 사는 고양이의 또 다른 정의가 아닐까.

뻐꾸기시계의
역할

우리 집 벽 한 켠에는 뻐꾸기시계
가 있다. 소은이가 자는 데 방해될까 봐 소리 나지 않게 설정해 놓았
지만, 앞에 있는 버튼을 누르면 하얀 뻐꾸기가 날갯짓을 하며 나온다.
뻐꾸기가 고개를 까딱이며 "뻐꾹, 뻐꾹" 울기 시작하면 소은이가 하
던 일을 멈추고 집중했기 때문에 관심을 돌려야 할 때나 심심해할 때
마다 유용하게 사용했다.

모리도 뻐꾸기가 나타나 울면 소은이 옆에 함께 앉아 시계에 집중하
곤 했다. "뻐꾹" 소리가 날 때마다 두 녀석이 고개를 들고 동그란 눈
으로 같은 곳을 바라보는 모습이 예쁘고 재미있어서 자꾸만 뻐꾸기
를 귀찮게 했다.

언제부턴가 소은이가 먼저 뻐꾸기를 불러달라고 하기 시작했다. 뻐
꾸기를 보기 위해서가 아니라 모리를 보기 위해서다. 대부분의 시간
을 졸린 눈으로 누워 있는 모리가 날렵하게 움직이는 모습을 보고 싶
은 것이다.

"뻐꾹, 뻐꾹." 어디선가 모리가 달려온다. 7.5kg, 고양이로선 가볍지
않은 몸이지만 식탁 위를 가볍게 뛰어오르는 모습은 마치 혼자서만
무중력 상태에 있는 것 같다. 쫑긋하게 세운 귀에선 집중력이, 빵빵
해진 주둥이에선 호기심이, 빳빳해진 수염에선 긴장감이 엿보인다.
같은 동작, 같은 리듬, 같은 소리가 지겨워지면 모리 얼굴이 다시 부
드러운 식빵처럼 편안해지고 뻐꾸기의 할 일도 끝난다.

매력적인
핑크 젤리

말랑하고 쫀득한 느낌 때문인지 젤리라는 별명을 얻은 고양이 발바닥은 색깔에 따라 핑크 젤리, 포도 젤리나 팥 젤리라고 불린다. 별명에 걸맞게 독특한 촉감을 가진 고양이 발바닥은 고양이 신체 중 가장 매력적인 부위 중 하나다. 하지만 대다수의 고양이는 쉽게 만지기를 허락하지 않는데, 발은 자신을 방어하고 배변을 정리하고 온도나 촉감을 느끼는 등 쓸모가 많아 예민하고 민감하기 때문이다.

모리는 핑크 젤리를 가지고 있다. 평소엔 수줍은 아이의 볼처럼 은은한 분홍빛이지만, 흥분하거나 긴장하면 진분홍빛으로 바뀐다. 그 빛깔이 심장박동에 따라 연해졌다 진해졌다 하는 것이다. 체온도 마찬가지다. 열심히 놀고 나면 어느새 더 따뜻해져 있다. 분홍 빛깔에 따뜻한 느낌도 좋지만, 왠지 모르게 고소하게 느껴지는 냄새, 일명 '꼬순내'도 참 좋다.

고양이에게 발은 민감한 부위니까 만지지 말자고 다짐하고 노력해보지만 잠들어 있는 모리를 보면 나도 모르게 다가가 핑크 젤리를 만져보게 된다. 그러면 처음엔 발을 옮기며 잠결에 실눈을 뜨고 나를 째려보듯 쳐다보지만, 곧 귀찮다는 듯 크게 한숨을 내쉬고는 다시 눈을 감으며 원래 자세대로 누워 잠을 청한다. 그럴 때면 나는 마치 짓궂은 형 같고, 모리는 그런 형을 봐주는 일찍 철든 막냇동생 같다.

이해심
많은
고양이

소은이가 모리를 만질 때면 언제나 긴장한 채 옆에서 지켜본다. 조금이라도 소은이 손에 힘이 들어가거나 모리가 싫어하는 표정을 지으면 얼른 소은이를 떼어놓아야 하기 때문이다.

소은이도 나처럼 고양이 발에 관심이 많아서 모리가 식탁이나 소파, TV장 위에 엎드려 쉬고 있으면 자꾸만 다가가 발을 만지려고 한다. 모리가 발 만지는 것을 싫어한다고 주의를 줘 보지만, 소은이도 꼼지락거리는 발가락, 보송보송한 갈색 털, 말랑말랑한 핑크 젤리의 매력에 이미 빠진 듯하다.

아무리 소은이가 조심스럽게 만진다 해도 앞발을 만지면 모리는 발을 털거나 자리를 피하며 싫은 티를 낸다. 가끔은 '이건 아니다' 싶은지 소은이 손에 가볍게 냥냥펀치를 날리거나 무는 시늉을 하고는 다른 곳으로 도망치듯 달려간다. 착한 모리가 오죽 싫으면 그럴까.

"소은아, 모리가 화났나 봐. 발 만지는 게 너무 싫대. 모리가 싫어하는 건 이제 하지 말자. 알았지? 모리한테 가서 미안하다고 말할까?"

모리의 과격한 반응에 소은이가 놀라기는 하지만, 주의를 주기엔 좋은 상황이다. "모디야, 미안해" 하고 소은이가 쑥스러운 목소리로 사과하면 모리도 마음을 풀고 눈을 지그시 감았다 뜨며 괜찮다는 표현을 한다.

인형보다
모리가
좋아

소은이가 서툴지만 조금씩 소꿉놀이를 하기 시작했다. 장난감 채소와 과일에 싹둑싹둑 칼질을 하더니 냠냠 먹는 시늉을 하고, 장난감 주스를 컵에 부어 꿀꺽꿀꺽 마시는 시늉도 한다. 옆에서 아내가 토끼 인형 입에 장난감 과일을 가져다 대며 "토끼야 너도 먹어, 냠냠냠" 하면 소은이도 다른 인형들에게 "냠냠냠" 열심히 장난감 과일을 먹여준다. 집에 다른 인형도 많지만 소은이가 가장 많이 챙기는 건 인형이 아닌 모리다.

"모디야, 냠냠 이거 먹어."

혹시나 하는 마음일까, 서음엔 모리가 기대에 찬 표성으로 냄새를 맡지만 이내 음식이 아니라는 걸 알아채고는 고개를 돌린다.

"다른 거 주까?"

그때부턴 새로운 장난감 과일을 갖다줘도 전혀 관심이 없다. 그래도 자리를 피하지 않는 걸 보면 소은이가 챙겨주는 게 싫지는 않은 모양이다. 어쩌면 언젠가는 정말 먹을 걸 줄지도 모른다는 희망을 갖고 있는지도 모른다.

소은이는 애착인형이 없다. 놀 때나 잘 때 인형을 옆에 둬 봐도 관심이 없다. "소은아, 인형이 안아 달래" 하고 관심을 끌어 봐도 무심하게 잠깐 안았다가 금방 팽개친다. 생동감 있게 움직이는 모리를 어릴 때부터 봐 와서인지, 가만히 있는 인형은 시시하다 생각하는 것 같다. 주변에서 손때 묻은 인형을 품에 끼고 다니는 모습을 볼 수 없는 게 아쉽지 않느냐지만, 나는 모리를 챙겨주는 소은이 모습이 더 좋다.

아쉬운
포토타임

소은이가 카메라가 뭔지 모르고 많이 움직이지 못했던 아기 때는 사진 찍기가 수월했다. 하지만 지금은 예쁜 표정을 짓다가도 카메라만 들이대면 고개를 휙 돌리고, 집중해서 잘 놀다가도 카메라를 발견하면 휙 일어나 자리를 옮기는 바람에 사진이 다 흔들린 모습으로 찍힌다. 외출해서 기념사진이라도 하나 남기려면 어찌나 몸을 배배 꼬면서 빠져나가려고 하는지. 온몸으로 저항하는 소은이를 안고 힘들지 않은 척 웃는 얼굴로 사진을 찍을 때마다 등에서는 식은땀이 흐른다.

소은이가 사진 촬영에 협조해 주는 때가 있기는 하다. 모리가 거실에서 햇빛을 받으며 누워 있을 때다. "모리랑 같이 사진 찍어줄까? 옆에 가서 앉아 보자" 하고 얘기하면 못 이기는 척 모리 옆에 앉는다. 소은이가 카메라를 보면 모리가 움직이기 전에 찰칵찰칵 얼른 사진을 찍는다. 예쁜 모습을 조금 더 담고 싶은 마음에 "예쁘다, 만져줘 봐" "모리야 사랑해, 해 봐" 하고 주문을 해 본다.

"이거 언제 끝나요?" 하듯 나를 쳐다보던 모리는 표정이 점점 굳어지다가 1분이 채 지나기도 전에 일어난다. 혼자만의 일광욕 시간을 방해받은 게 언짢은 듯 꼬리를 털며 다른 곳으로 가 버리는 것이다. 그렇게 옆자리를 떠나는 모습에 뭐가 재밌는지 소은이가 "까르르" 웃어버리면, 짧았던 모리와 소은이의 포토타임이 끝나고 만다.

서열 정리는
끝났다

"카톡, 카톡." 아내에게서 "대박 사건!"이라는 메시지와 함께 사진 한 장이 도착했다. 모리와 소은이 사진이었다. 소은이는 모리 앞에 서서 간식 봉지에 손을 넣고 있었고, 모리는 그런 소은이를 바라보며 앉아 있었다. 평소 소은이에게 데면데면하게 굴던 모리가 다소곳이 앉아 간식을 기다리는 모습이 너무 귀여웠다. 사진을 보고 한참 웃다가 어떤 상황인지 궁금해 아내에게 전화를 걸었다.

"저녁 준비를 하느라 부엌에 있는데 소은이가 모리 간식 봉지를 꺼내서 열고 있었나 봐. 부스럭거리는 소리가 나서 뒤를 돌아보니까 둘이서 마주 보고 있더라고. 소은이 손이 느려서 간식을 꺼내는 데 시간이 걸리니까 모리가 좀 답답해하는 것 같았는데 그래도 끝까지 기다려서 간식을 먹더라. 정말 혼자 보기 아까운 장면이었어!"

앞발을 가지런히 모으고 앉아 간식을 기다리는 모리가 귀엽고, 먹을 것이라면 모리 못지않게 좋아하는 소은이가 모리의 간식을 자기 것으로 여기지 않고 순순히 건네주는 모습이 기특했다. 우리는 이날의 사건을 '서열 정리 사건'이라고 부른다. 모리는 인정하지 않을지 모르지만 사진 속 다소곳한 자신의 모습을 본다면 아마 아무 말도 하지 못할 것이다.

이불을
사수하라

퇴근길에 아내에게 전화가 왔다. 소은이를 씻기고 재울 준비를 하느라 분주한 틈에 모리가 침대 위에 소변을 눴다는 것이다. 현장을 발견했을 땐 이미 많은 양의 소변이 이불과 패드, 침대 매트리스까지 스며들어 있었다고 했다.

우울한 마음으로 귀가한 나는 화장실에 던져진 이불을 열심히 밟아 빨았다. 고양이 소변에 젖은 이불을 여러 사람이 함께 쓰는 빨래방 세탁기에 넣을 수 없으니 직접 세탁하는 수고를 해야 했다. 세탁이 끝나고 물을 먹어 무거워진 이불을 세탁기로 탈수한 뒤 대형 건조기가 있는 빨래방으로 향했다.

건조가 끝나고 돌아오니 어느새 새벽. 피곤함과 짜증이 몰려와 모리가 원망스럽기만 했다. 모리에게 왜 그러는 거냐고 물었지만, 아무것도 모르는 표정만 지었다. 이 사건 후로도 모리는 몇 번 더 같은 실수를 했다. 사실 실수라고 하기에는 너무나 의도적으로 보였다.

고심 끝에 이불을 정리하고 그 위에 방수천을 덮어두기 시작했고, 이후로 모리는 이불 위에 소변을 누지 않았다. 그날의 소변 실수는 도대체 무슨 이유에서였을까. 덕분에 낡은 침대를 버리고 집을 넓게 쓰게 되었지만, 알 길 없는 모리 마음이다.

고양이
다이어트는
어려워

한 살 미만 고양이들은 성장에 많은 에너지를 쓰기 때문에 먹는 양에 비해 살이 찌지 않지만, 모리는 아기 때부터 뱃살이 있는 통통한 고양이었다. 비만과 당뇨의 연관성이 높기에 다이어트를 시켜야 했다.

어릴 때는 하루 칼로리 필요량을 계산해 건식 사료와 습식 사료를 주면서 하루 한 시간 놀아 주기만 해도 다이어트는 성공적이었다. 하지만 모리가 두 살이 되고 소은이가 태어나면서 잘 유지해오던 체형은 금방 망가지고 말았다. 다 자란 모리는 고양이답게 점점 움직임이 줄며 게을러졌고, 나와 아내는 소은이를 돌보느라 이전만큼 모리와 놀아 주지 못했다. 먹성은 여전한데, 움직임이 줄어드니 살이 찌는 건 당연한 결과였다.

이런 이유가 쌓이면서 모리는 "임신한 것 아니냐"는 자존심 상하는 오해를 받으며 뱃살이 늘어갔다. 동그랗게 앉은 모습이 잘 구운 거대 식빵 같아 귀여웠지만, 살찐 모리를 볼 때마다 죄책감과 위기감을 느꼈다. 결국 6개월간 20% 체중 감량을 목표로 다이어트를 시작했다. 간식을 끊고 다이어트 사료를 먹이며 많이 움직이도록 놀이에도 신경 썼다. 하지만 결과는 겨우 6% 감량이었다. 다이어트가 이렇게 힘든 일이었다니. 그동안 진료실에서 체중 감량에 대해 너무 쉽게 이야기해 온 것을 반성했다. 그래서 요즘은 이렇게 말한다.

"고양이 다이어트, 정말 힘들죠. 잔소리 같아서 죄송하지만 그래도 노력해야죠. 저도 잘 못 하지만 노력하고 있습니다!"

조금씩
천천히
다가가

아내가 임신 중일 때, 아이와 고양이가 꼭 안고 잠을 자는 모습이나 살을 부비며 같이 노는 모습이 담긴 사진과 동영상을 많이 봤다. 모리도 그렇게 곧 태어날 아기와 사이좋게 지낼 거라 믿어 의심치 않으며 기분 좋은 상상을 자주 했다. 그러나 현실은 달랐다. 모리는 소은이를 경계하며 늘 거리를 두었다.

'시간이 지나면 모리가 우리에게 하듯이 소은이에게도 완전히 마음을 여는 날이 올까?'

어느 날 소은이보다 한 살 많은 남자아이가 놀러 왔다. 고양이를 좋아한다며 모리와 함께 놀고 싶어 하기에 직접 간식을 주며 친해지게 해 보려 했다. 하지만 남자아이라 그런지 목소리도 크고 움직임이 빨라서, 모리는 소은이랑 있을 때보다 더 긴장한 듯 보였다. 결국 모리가 불편해한다는 걸 아이에게 설명하고 모리를 방에서 혼자 쉬게 했다.

아이가 돌아가자 모리는 그제야 안심이 됐는지 거실에 나와 스스로를 위로하듯 온몸을 꼼꼼히 그루밍했다. 그러고는 완전히 마음이 놓였는지 발라당 누웠다. 손님이 가고 나서도 흥분이 가라앉지 않아서 방방 뛰어다니는 소은이를 보고도 전혀 동요 없이 편해 보였다.

'아, 이제는 소은이를 경계하지 않는구나.'

그때 깨달았다. 모리가 소은이의 존재를 인정하고 조금씩 마음을 열어가고 있다는 사실을.

고양이 같은 아이, 강아지 같은 아이

가끔 소아정신과 의사인 서천석 선생님의 팟캐스트 《아이와 나》를 듣는다. 주제별로 전문가나 부모들이 게스트로 나와 육아 이야기를 나누는데, 초보 부모인 우리에게는 많은 도움이 된다.

한번은 선생님이 이런 말씀을 하셨다. "아이가 어릴 때는 강아지 같다가 사춘기가 되면 고양이처럼 변하는데 부모들이 그 변화를 받아들이기 힘들어하는 경우가 많다"고. 나만 바라보고 내 사랑 하나면 충분한 강아지 같던 아이가, 사춘기가 되면서 자신만의 공간과 시간을 원하고, 내키지 않는 행동은 하지 않는 고양이처럼 변한다는 말이었다. 고양이를 키우고 있어서인지 참 재미있으면서 적절한 비유다 싶었다.

이어서 선생님은 "고양이처럼 변한 아이에게 강아지로 남아 있기를 요구해서는 안 된다. 아이의 변화에 적응하고 그에 맞는 사랑을 주며 새로운 관계를 만들어가기 위해 노력해야 한다"고 조언하셨다.

사춘기가 되어 우리와 거리를 두고 혼자만의 세상에 머물고 싶어 할 소은이의 모습은 상상만 해도 아쉽다. 하지만 그때가 되면 '소은이가 지금 고양이처럼 변해가는구나' 하고 생각해야겠다. '소은이가 벌써 이만큼 자라서 혼자만의 시간이 필요하구나. 표현하지 않는다고 해서 우리를 사랑하지 않는 건 아니야. 자신만의 시간을 충분히 가지고 나면 다시 먼저 다가와 자신만의 방법으로 사랑을 표현해 줄 거야. 모리가 그랬던 것처럼…' 하고 믿어 주는 부모가 되어야겠다.

눈
구경

　　　　　　　소은이가 맞이한 두 번째 겨울, 첫눈이 내리는 날. 이날을 무척이나 기다렸다. 작년 겨울엔 너무 어려서 내리는 눈에 관심이 없었던 소은이가 이번엔 어떤 반응을 보일지 기대됐기 때문이다.

하지만 아쉽게도 첫눈은 출근한 후에 내렸다. 대신 아내가 첫눈을 보는 소은이와 모리의 사진을 몇 장 보내주었다. 눈이 올 때 마침 아침밥을 먹던 중이라 아기 식탁 의자를 통째로 창문 앞에 옮겨 주었는데, 기대와 달리 소은이 반응이 시큰둥했단다. 아무래도 직접 만져보지 못하고 눈으로만 보는 거라 감동이 덜했을 것이다. 그래도 하늘에서 하얀 무언가가 내려오는 게 신기한지 유심히 하늘을 올려다보는 것 같긴 했다.

오히려 신나 보이는 쪽은 모리였다. 소은이가 있어서 신경이 쓰일 텐데도 창틀에 올라가 열심히 눈 구경을 하는 것 같았다. 그런 모리가 재밌는지 소은이가 모리를 바라보며 웃는 사진도 있었다.

눈을 구경하는 모리, 모리를 구경하는 소은이, 그런 둘의 모습을 카메라에 담는 아내. 그 자리에 함께 있지 못해 아쉬웠지만 내가 사랑하는 가족이 서로 다른 모습으로 첫눈을 기념하는 예쁜 장면이 머릿속에 그려져 입가에 저절로 미소가 번졌다.

장난감
선물

햇빛이 거실 깊숙이 들어오는 오전, 모리는 빛을 따라 옮겨 다니며 거실 바닥에 누워 있기를 좋아한다. 그러면 소은이가 종종 "모디야 책 읽, 책 읽" 하며 모리 옆에 앉아 책을 펼친다. 물론 모리는 관심 없지만 소은이는 그럴 줄 알았다는 듯이 옆에서 혼자 책을 본다.

우리와 함께 블록 놀이를 하고 있을 때 모리가 가까이 다가오면 소은이는 "모디야, 모디야" 이름을 부르며 블록을 들이민다. 물론 모리는 귀찮다는 듯 금세 자리를 뜬다.

소은이기 히루에도 몇 번씩 같이 놀자고 청하지만 모리는 늘 시큰둥하다. 이제 그런 반응이 익숙한지 소은이도 그다지 아쉬워 보이지 않는다. 어쩌면 모리가 응하지 않으리란 걸 알면서도 놀자고 하는 그 행동 자체가 소은이에게 하나의 놀이인지도 모르겠다.

언제부턴가 소은이가 모리 근처에 장난감을 한두 개씩 갖다 놓기 시작했다. 우리가 치워도, 모리가 자리를 옮겨도 모리 근처엔 어김없이 소은이 장난감이 있다. 내내 잠만 자는 모리가 심심해 보였던 걸까, 아니면 같이 놀아주지 않는 모리와 장난감이라도 공유하고 싶은 걸까. 소은이는 나름대로 모리와 함께 노는 법을 찾은 것 같다.

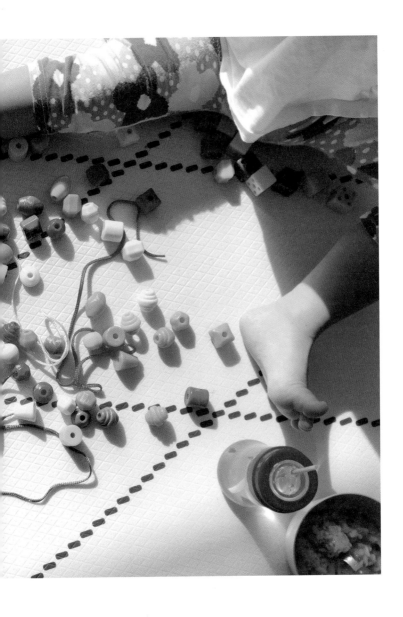

평생
적응하는
사이

태어날 때는 모리 체중의 절반에 불과했던 소은이가 이제 모리 체중의 두 배가 되어 간다. 모리가 보기에 나와 아내는 처음 만난 날부터 지금까지 쭉 변함없는데, 소은이는 하루가 다르게 커 가고 할 수 있는 것도 많아지는 '이상한 존재'로 보일 듯싶다. 적응할 만하면 자꾸만 달라지는 소은이를 보며 이런 생각을 하지 않을까.

'쪼그만 게 누워서 울기만 하더니 점점 커져서 이제 뛰어다니고 말도 하네? 도대체 언제까지 크는 거야?'

어느새 느릿느릿 귀여운 아기 시절을 지나, 쿵쿵 뛰어다니는 장난기 많은 어린이가 된 소은이를 보고 있으면 지금까지 잘 적응해준 모리에게 기특한 마음이 든다.

앞으로도 소은이는 내면적으로나 외형적으로도 많은 변화를 겪을 것이고, 아직은 남 일 같지만 머지않아 질풍노도의 시기라 불리는 청소년이 될 것이다. '그때가 되면 모리는 평생 소은이의 성장을 온몸으로 느껴 온 지혜로운 할아버지 고양이가 되어 있겠지' 생각하니 왠지 가슴이 먹먹해진다.

눈치 없는
위로꾼

밤늦게 퇴근해서 집에 오면 아내는 소은이를 재우고 있다. 잠에서 깬 소은이를 다시 재우려면 꽤 긴 시간이 걸리기 때문에, 나는 현관문에 들어설 때부터 '음 소거 모드'가 되어 조용히 움직인다. 현관문을 소리가 나지 않게 살며시 여닫고, 발소리가 나지 않게 사뿐사뿐 들어온다.

이때 반가운 위험 요소가 있다. 조심조심 들어오는 나를 발견한 모리가 눈치 없이 큰소리를 내며 나오는 것이다. 눈을 동그랗게 뜨고 이빨부터 목구멍이 다 보이도록 입을 크게 벌려 "야옹~!" 하고 소리치며 성큼성큼 다가온 녀석은 내 발 앞에 "쿵" 소리가 날 정도로 바닥에 몸을 던지며 누워버린다. 얼른 허리를 숙여 쓰다듬지 않으면 누운 채로 나를 올려다보며 더 큰 소리로 "야!!옹!!" 하고 외친다. 귀가 후 가장 위험한 순간이다. 하지만 가장 행복한 순간이기도 하다.

어둡고 조용한 집에 조심스럽게 들어와야만 하는 아기 아빠의 조금은 서글픈 귀가 시간. 눈치 없는 위로꾼 덕분에 웃음이 난다. 이렇게 반가운 방해꾼이 또 있을까 싶다.

꿀 같은
육아
퇴근

하루 일과를 마치고 소은이가 잠들면 그때부터 모리의 시간이 시작된다. 낮 동안 놓지 못한 긴장의 끈을 놓고 육아 퇴근의 기쁨을 누리는 것이다. 시무룩해 보였던 얼굴에 생기가 돌며 이 시간만을 기다렸다는 듯 우리에게 다가와 몸을 비비고 눈을 마주치고 야옹거리며 폭풍 애교를 부린다. 꼭 "이제는 내 차례예요!" 하고 말하며 소은이 때문에 소외당한 한을 풀려는 것 같다. '밀당'의 대명사인 고양이가 이렇게 약한 모습을 보이다니. 옆자리에 누워 이름만 불러도 그르렁거리며 애절한 눈빛을 보내는 모리를 보면 귀엽기도 하지만 안쓰러운 마음이 든다.

육아 퇴근 후 펼쳐지는 모리의 폭풍 애교를 보고 있으면 그날의 힘들었던 일들을 잊게 된다. 옆자리에 누운 모리의 보송한 머리를 쓰다듬고 있으면 육아와 직장 일로 각자 지친 우리 마음도 부드러워진다.

셋이 오붓하게 밤 시간을 보내는 날엔 작은 집에서 우리 셋이 함께했던 신혼 시절의 즐거웠던 기억과 행복했던 느낌이 떠올라 기분이 좋아진다. 우리에게 위로받으려는 모리 덕에 우리도 위로받는다. 서로에게 위로가 되는 시간. 우리가 육아 퇴근을 기다리는 이유다.

닭 안심의
치명적
유혹

모리는 우리가 식탁에서 무엇을 먹든 사람 음식에는 별로 관심이 없다. 그런데 소은이 식탁에 삶은 닭 안심살이 올라오는 날에는 상황이 달라진다.

아내가 닭 안심살을 삶기 시작하면 고소한 냄새가 금방 집 안 전체에 퍼진다. 그러면 모리가 나타나 주방을 맴돌며 아내 다리에 몸을 비벼 대고 애교를 부린다. 소은이 식사가 담긴 식판을 식탁 위에 올려 주면 모리도 따라 올라와 닭고기를 먹겠다며 머리를 들이민다. 모리가 소은이 식판에 입을 대기 전에 얼른 안아서 식탁 아래에 내려놓는데, 그러면 모리는 바닥에 앉아 밥을 먹는 소은이를 부러운 표정으로 올려다본다.

고기를 별로 좋아하지 않는 소은이는 닭고기를 남길 때가 많은데 그때마다 남은 닭고기는 모리의 몫이 된다. 모리가 소은이 식사 때마다 귀찮게 할 수 있으니 먹던 닭고기는 주지 말자고 했지만, 아내는 이거라도 좀 먹게 해 주자며 모리 편을 들었다. 신선한 유기농 닭 안심살은 모리 입맛에도 잘 맞는지 줄 때마다 게 눈 감추듯 잘 먹었다. 대신 소은이가 보는 데서 모리에게 남긴 음식을 주면 다음에 소은이가 아무 음식이나 주려고 할 수 있으니, 소은이 몰래 방에 있는 모리 밥그릇에 넣어 준다.

아내는 닭고기를 줄 때마다 기뻐하는 모리를 보는 걸 좋아했다. 의도적으로 그런 건 아니라지만 항상 닭고기를 넉넉히 삶는 것 같다. 모리의 다이어트 실패는 어쩌면 마음 약한 아내 탓인지도 모른다.

마법의
세 마디

　　　　　　　　　　　　내 인스타그램을 보고 "모리야, 배고파? 밥 줄까?"라는 말을 왜 반복하는지 묻는 분이 계셔서 곰곰이 생각해봤다. 먹을 것만 보면 기분이 좋아지는 녀석이기에 조금이라도 더 소통하고 싶은 마음으로 밥 주기 전에 말을 걸게 되었고, 한 마디는 아쉬워 세 마디를 건네게 된 것 같다. 식사 시간마다 반복된 세 마디는 언제부턴가 식사와 상관없이 모리를 행복하게 하는 마법의 언어가 되어, 어느 때고 이 세 마디를 던지면 얼굴에 화색이 돈다.

어떤 음악을 듣거나 어떤 향기를 맡으면 연관된 기억들이 떠오르며 향수에 젖을 때가 있다. 그럴 때면 눈을 감고 기억 속 그때의 내가 되어 본다. 그러고는 가슴 깊은 곳에 가라앉아 있던 그때의 마음을 떠오르는 대로 다시 느껴보곤 한다. 마음 구석구석에서 행복했던 기억과 힘들었던 기억이 꿈틀거리면 가슴이 간질거리고 눈물이 맺히기도 한다. 행복했던 기억은 그대로 너무 좋고, 힘들었던 기억도 나쁘지 않다. 그때는 너무 힘들어서 보지 못하고 너무 슬퍼서 느끼지 못했던 것들이 이제 와 눈을 감으니 보이고 느껴지기 때문이다. 오늘 내가 행복하면 모든 기억은 추억이 된다.

세 마디 말을 들을 때마다 행복한 표정이 되는 걸 보면, 모리도 나처럼 종종 향수에 젖어들지 모른다. 모리는 어떤 기억으로 가슴이 간질거릴까. 혹여 추억이 되지 못한 나쁜 기억은 없을까. 오늘도 모리에게 행복을 부르는 마법의 세 마디를 던진다.

"모리야, 배고파? 밥 줄까?"

후회 없는
이별

모리를 데려오기 전에, 우리가 언젠가 찾아올 사별의 슬픔을 감당할 수 있을까 생각했다. 하지만 그 슬픔이 얼마나 클지는 상상하기 어려웠기 때문에 이별까지 생각해봤다는 데 의미를 두고 모리를 키우기로 결정했다.

아내는 SNS를 통해 반려동물과의 이별 이야기를 접할 때마다 "언젠간 모리도 우리 곁을 떠나겠지"라며 눈물을 글썽인다. "모리가 없는 집에서 지낼 수 있을까? 그때도 우리 집에는 여전히 모리의 털이 많이 있겠지. 옷에 묻은 털 한 가닥에도 가슴이 무너질 것 같아"라면서. 아내에게 왜 미리 걱정하고 슬퍼하느냐고 이야기하지만 사실 나도 두렵다. 아직 멀게만 느껴지는 이별을 두려워할 만큼 우리는 모리를 아주 많이 좋아하고, 함께하는 지금이 너무나 소중하다.

소은이가 태어난 뒤로 이별에 대한 걱정거리가 하나 더 생겼다. 모리가 고양이 평균 수명인 15년에서 20년 정도 산다면 소은이가 중학생이나 고등학생일 텐데, 사춘기 소녀가 평생을 함께 살아 온 모리와의 이별을 받아들일 수 있을까? 소은이에게 모리와 함께하는 삶은 선택의 여지가 없었는데, 우리가 너무 큰 아픔을 경험하게 하는 것은 아닐지 벌써부터 미안해진다.

모리와의 이별은 사랑한 만큼 많이 아프게 다가올 것 같다. 그래도 사랑한 만큼 우리의 이별은 후회 없는 기억일 테니, 두려움 없이 사랑하자고 다짐해본다. 행복한 기억을 갖고 고양이 별로 떠나는 모리와, 아픈 이별만큼 성숙해질 소은이의 모습을 조심스럽게 그리며.

모디,
됴아해

우리는 의도적으로 소은이에게 모리를 좋아한다는 말을 많이 한다. 부모인 우리가 모리를 아끼는 모습을 많이 보여주어야, 그 모습을 보며 성장한 소은이도 모리를 소중히 여기는 아이로 자랄 거라고 믿기 때문이다.

"소은아, 아빠는 모리를 참 좋아해."

그러자 소은이가 말했다.

"또은이, 모디 됴아해."

전혀 예상치 못한 답변이 바로 나오는 바람에 놀라서 되물었다.

"소은이도 모리 좋아해?"

그러자 진지한 얼굴로 답했다.

"응! 모디, 됴아해!"

이제 갓 말이 트이기 시작한 귀여운 목소리와 어설픈 발음으로 모리를 좋아한다고 말하는 소은이가 너무나 사랑스러워 꼭 안아줬다. 그리고 작고 약한 것들을 돌아볼 줄 아는 마음 넉넉한 사람으로 자라주기를 기도했다.

평범한
일상의
소중함

　　　　　　　　　　　　　어릴 때는 평범한 삶이 누구에게
나 주어지는 줄 알았다. 하지만 어른이 되어 보니 평범한 삶, 이 보통
의 삶은 당연한 것이 아닌 이루어내야 할 꿈으로 다가왔다. 어릴 적
평범하게 살 수 있었던 건 부모님이 그만큼 비범한 노력을 기울이셨
기 때문이다. 자녀를 낳고 키우느라 자신의 꿈을 접고 젊음을 희생했
던 엄마, 매일 새벽별을 보며 출근했다가 저녁별을 보며 퇴근하느라
계절의 풍경이 바뀌는지도 몰랐던 아빠. 평범한 부모의 삶이 얼마나
고단했을까 이제야 조금씩 느낀다.

부모님이 그러셨듯이 나도 아내와 아이, 모리와 함께하는 평범한 삶
을 지키기 위해 열심히 살아간다. 때로는 가진 것이 많아서 손쉽게
평범한 삶을 누리는 사람들이 부럽고 내 처지가 답답하지만, 가족들
얼굴을 떠올리면 '나만큼 행복한 사람이 없구나' 하고 다시 마음을 다
잡는다. 매일 아침 밥 달라며 야옹거리는 모리와 우유 달라며 옹알거
리는 소은이, 그리고 식사를 준비하는 아내의 모습을 보며 온 힘을
다해 지키고 싶은 삶을 살고 있음을 깨닫는다. 내게 주어진 이 삶의
무게가 '지켜야 한다'는 의무감이 아닌, '지키고 싶다'는 의지에서 비
롯됐다는 사실이 얼마나 감사한지 모른다.

모디도
가족이야

여느 아침처럼 소은이가 먼저 잠에서 깨어 아내와 나 사이로 파고들었다. 깊은 잠에 건조해진 눈꺼풀을 겨우 열어 눈맞춤을 하며 소은이를 안아 주었다.

"소은아, 잘 잤어?"

아침 인사를 건네고 소은이를 안은 채로 뒹굴뒹굴하며 조금이라도 더 이불 속에 있어 보려고 장난을 쳤다. 잠에서 깬 아내가 그런 나와 소은이를 함께 안으며 "소은아, 아빠랑 엄마랑 소은이랑 같이 꼭 안으니까 너무 좋다. 아빠랑 엄마랑 소은이랑 우리는 가족이야" 하고 말했다.

그러자 갑자기 소은이가 우리 팔에서 빠져나오더니 벌떡 일어나 "모디! 모디!" 하면서 거실로 뛰어나갔다. '가족'이라는 말에 모리를 찾으러 가는 것 같았다. 갑자기 다가오는 소은이를 보며 모리는 놀란 표정으로 뒷걸음질을 쳤지만, 그 모습을 바라보는 우리 마음은 뭉클했다.

그날 저녁, 아내는 아침에 있었던 일 덕분에 하루 종일 많은 생각을 했다며 이야기를 꺼냈다. 소은이가 아무 선입견 없이 순수하게 모리를 가족으로 받아들이는 모습을 보면서, 우리는 모리를 사람과 동물이라는 개념으로 선 긋고 있었던 건 아닐까 반성했다고 했다. 소은이에겐 태어나서부터 한 집에서 같이 살아온 모리가 엄마 아빠와 다름없는 가족이구나 싶었다면서. 이날 우리는 소은이가 자라면서 우리보다 더 많이 모리를 사랑하리라는 따뜻한 확신을 얻었다.

태풍의
눈

아이가 있는 집은 다 그렇겠지만 언제부턴가 소은이가 자는 시간을 제외하고는 깔끔하게 정리된 집을 유지하기 어려워졌다. 물건들을 정리해 놓으면 다시 꺼내고, 다시 정리해 놓으면 또 바닥에 쏟아붓고, 왜 가지고 놀지도 않을 물건들을 늘어놓으려 하는지…. 소은이가 어질러 놓은 물건들이 거실 가득 발 디딜 틈 없이 널브러져 있는 모습을 보면 너무 정신이 없어서 한숨이 나올 때가 있다. 어린아이의 마음을 그대로 인정하지 않고 이해해 보려하니 머리만 복잡해졌다.

그런데 모리는 그렇지 않은가 보다. 소은이가 어질러 놓으면 어질러진 대로, 우리가 정리해 놓으면 정리된 대로 그 안에서 자신만의 평화로운 시간을 보낸다. 소은이가 던져놓은 쿠션 위에서도, 아무렇게나 펼쳐놓은 도화지 위에서도, 여기저기 눕혀 놓은 인형에 기대어서도 내면의 평화를 유지한다.

정리하기를 좋아하는 나는 가슴이 답답한데, 어질러진 물건들 사이에서 곤히 잠든 모리는 혼자만 태풍의 눈 속에 들어앉은 듯 정신없는 거실에서도 평화롭다.

'그래, 어질러지면 좀 어떠냐.'

곤히 잠든 모리를 보면 이심전심으로 내 마음에도 평화가 스며든다.

누구도
혼자가
아닌 집

소은이가 걷기 시작한 후 집 앞 공원과 놀이터에 자주 놀러 나간다. 모든 아이가 그렇듯 소은이도 집에 갈 시간이라고 하면 더 놀고 싶다며 떼를 쓴다. 그럴 때 아내는 모리 이야기를 하며 소은이를 설득한다.

"모리가 소은이 기다리고 있어, 모리 보러 가자."

소은이와 외출했다 돌아오면 모리는 어떤 날은 미동도 없이 자고 있고, 어떤 날은 현관 앞으로 마중 나와 우리를 반긴다. 아무리 짧은 외출이어도 모리가 잘 있는 것을 확인해야 외출을 무사히 마쳤다는 안도감이 든다.

소은이에게 집이란 언제나 모리가 기다리고 있는 곳이다. 생각해 보니 소은이는 태어나서 단 한 번도 빈집에 들어온 적이 없다. 아마도 소은이가 자라서 나와 아내가 외출하고 없는 집에 혼자 들어오는 날에도 그럴 것이다. 아내는 "어렸을 적에 엄마가 잠시 일을 하시게 되어서 텅 빈 집에 혼자 들어가던 날, 그 적막하고 외로웠던 느낌이 아직도 생생히 기억난다"고 했다. 소은이는 그런 감정을 느끼지 않아도 된다고 생각하니 모리에게 너무나 고맙다는 것이었다.

나와 아내 역시 모리가 온 뒤로는 집에 혼자 있어 본 적이 없다. 혼자인 것 같은 순간에도 옆을 돌아보면 늘 모리가 있었다. 모리 덕분에 우리 집에서는 누구도 혼자가 아니다. 소은이와 하루 종일 같이 있어야 하는 아내는 가끔 혼자 있고 싶은 생각이 든다지만, 아내가 말하는 혼자란 '진짜 혼자'가 아니다. 모리와 함께 있는 혼자다.

모리도
첫째,
소은이도
첫째

어느 날 아내가 "여보, 요즘 모리를 보면 꼭 동생이 생긴 첫째 같아"라며 이야기를 꺼냈다. 소은이와 한참 놀고 있으면 멀리서 모리가 앞발을 다소곳이 모으고 앉아 둘이 노는 모습을 가만히 바라볼 때가 있는데, 기분 탓인지 모르겠지만 그때마다 모리 얼굴에 서운함이 가득 담긴 것처럼 보인다는 것이다. 소은이와 애정 표현을 많이 하며 화기애애하게 놀고 있을 때는 더욱 그렇다고 했다.

혼자서 독차지하던 엄마 아빠의 사랑을 동생에게 빼앗겨 서운하고 속상하지만, 이해하려고 노력하는 배려심 많은 첫째. 서운한 마음을 꾹꾹 누르며 참고 있다가 동생이 잠들면 그제야 엄마 아빠에게 관심을 받아보려 응석을 부리는 마음 깊은 첫째. 모리가 보여주는 첫째의 모습이다.

그런데 나는 소은이에게서도 첫째의 모습을 본다. 엄마, 아빠가 동생을 조금 더 챙겨주려고 하면 질투하며 자신만 봐 달라고 조르는 샘 많은 첫째. 그렇게 질투하다가도 뒤에서는 예뻐해 주고 챙겨 주는 착한 첫째.

"아직은 소은이보다 모리가 의젓하지만, 언젠가 소은이가 더 의젓해지는 날이 오겠지?"

내 곁에 누워 그릉거리는 모리를 보니, 둘째가 태어난 뒤로 소외감을 느끼는 첫째를 안타까워하는 부모 심정을 조금은 알 것 같다.

사랑하는
법

어느 날 갑자기 소은이가 모리를 안아주며 "모디야, 사앙해" 하고 말했다. 그런데 소은이 자세가 이상했다. 다리를 양쪽으로 벌려 엉덩이를 뒤로 쭉 빼고 양팔로만 모리의 몸을 안아주고 있었다. 모리의 꼬리를 밟지 않으려고, 또 자기 체중으로 모리를 누르지 않으려고 노력하는 모습이었다.

기습적인 포옹을 당한 모리는 탐탁지 않은 표정이었지만 소은이의 노력을 아는지 피하지 않고 가만히 안겨 있었다. 그래도 너무 포옹이 길어지자 부담스러웠는지 소은이 품에서 슬며시 빠져나왔다. 소은이는 아쉬워하며 모리를 따리기 디시 인았다.

"모디야, 사앙해."

자신의 사랑을 모리가 불편해하지 않는 방법으로 표현하려고 노력하는 소은이를 보며 내가 고민했던 사랑이 저기 있구나 생각했다.

아내와 교제할 때 나는 '사랑한다는 건 누군가에게 좋은 사람이 되어주는 것'이라고 나만의 정의를 내렸다. 내 감정만 내세우지 않고 상대방이 내 사랑을 어떻게 느낄지 생각할 수 있을 때 제대로 사랑하는 거라고, 그래서 사랑은 감정만큼 방법도 중요하다고 생각했다.

사랑, 여전히 어렵고 갈 길이 멀다. 입이 아니라 삶으로 말해야 하기 때문이다. 나는 요즘 제대로 사랑하며 살고 있을까. 소은이와 모리가 내게 무거운 질문을 던진다.

고마운
캣폴

세 번째 집으로 이사하면서 드디어 캣폴을 샀다. 소은이가 곧 걷게 될 것 같아 모리만의 안식처를 마련해 준 것이다. 고양이는 높은 곳을 오르내리길 즐기고 높은 곳에서 주변을 관망하기를 좋아한다는 걸 알았기에 늘 캣폴을 사 주고 싶었다. 하지만 신혼집은 원룸이라 좁았고, 두 번째 집에서는 1년 안에 다시 이사해야 해서 구매를 미뤘다.

그런데 모리는 큰맘 먹고 산 캣폴을 좋아하지 않았다. 들뜬 마음으로 열심히 조립해 창가에 설치했건만 올라가지 않았다. 간식을 스텝에 하나씩 놓으며 유인해야 올라왔고, 다 먹으면 '내가 언제 올라왔지?'하는 표정으로 당황하며 황급히 내려왔다.

캣폴을 설치한 지 9개월쯤 된 어느 날 오후, 평소 모리가 좋아하는 장소 어디에서도 녀석이 보이지 않았다. 깜짝 놀라 이름을 부르며 집안을 찾아 헤매니, 동그란 얼굴이 캣폴 해먹에서 뿅 솟아올랐다. 가슴을 쓸어내리다 문득 그토록 사용해 주기를 바랐던 해먹에 모리가 올라간 걸 깨닫고 신나서 소리쳤다. 이제라도 잘 쓰는 모습을 보니 좋았다.

그날 이후 모리는 해먹에 올라가 있는 시간이 많아졌다. 아침에는 햇살을 받으며 창밖을 구경하고, 낮에는 거실에서 노는 소은이를 보다 잠들었다. 예전엔 소은이가 움직일 때마다 깜짝깜짝 놀라던 모리가 이제 해먹에서 꿀잠을 잔다. 가끔 자기도 올라가겠다는 소은이를 말리느라 애먹지만, 자기만의 공간을 찾은 모리를 보면 흐뭇하다.

포옹의
힘

고양이의 체온은 사람보다 높은 38.5도 정도이고, 아기의 체온은 어른보다 높은 37도 정도다. 나보다 체온이 높아서인지 모리와 소은이를 품에 안으면 따뜻한 느낌이 들어서 좋다. 부드럽기까지 한 두 녀석을 안고 있으면 지치고 답답했던 마음에 위로가 찾아온다.

어릴 때, 부모님도 나를 안아 주며 마음의 위로를 얻으셨던 것 같다. 엄마 품에 안기면 끝이 없는 집안일에 지쳐 잠든 엄마의 깊은 숨이 내 이마에 닿았고, 아빠 품에 안기면 직장에서 살아남기 위해 애쓰느라 까칠해진 볼이 내 볼에 닿았다. 괜스레 쑥스러운 마음이 들어 답답하다는 핑계를 대며 얼른 품에서 빠져나오곤 했지만, 사실은 나도 그 안에서 위로를 받고 사랑을 느꼈다.

모리는 안기는 걸 싫어해서 안으려고 하면 표정이 굳어지고, 소은이는 내가 딱딱해서 안길 때 느낌이 별로란다. 지금은 아니라지만, 시간이 흘러 내가 부모님의 품을 따뜻하게 기억하듯 두 녀석도 내 품을 기분 좋게 기억할 것이다. 우리가 서로에게 닿아 서로의 체온과 감촉을 느꼈던 그 순간들이 힘들고 어려울 때, 서로가 그리울 때마다 따스한 위로가 되어줄 것이다.

아빠의
아쉬움

　　　　　　　　　　　동물병원을 개원하고 일주일에 하
루만 쉬고 있다. 이 하루는 우리 가족에게 일주일간 각자의 공간에서
따로따로 흘렀던 시간의 간격을 메울 수 있는 유일한 날이기에 무엇
보다 소중하다. 퇴근하고 집에 와서 아내에게 듣는 그날의 육아육묘
에피소드로 모리와 소은이의 모습을 짐작해보지만, 함께하지 못한
시간의 공백은 좀처럼 채워지지 않는다. 그래서 아무리 피곤해도 쉬
는 날 늦잠이나 낮잠은 자지 않는다. 더 많은 시간을 함께 보내고 싶
기 때문이다.

아이가 성장하는 모든 순간을 곁에서 함께한다면 얼마나 좋을까. 쉬
는 날마다 일주일새 부쩍 성장해 달라진 모습을 보며 깜짝 놀라곤 한
다. 다시는 돌아오지 않을 아이의 지금 모습을 두 눈에 많이 담아 두
고 아빠의 젊은 날을 아이의 기억 속에 많이 심어 주고 싶지만, 일터
에 나가느라 그럴 수 없는 현실이 안타깝기만 하다. 아내가 들려 주
는 이야기, 보내 주는 사진과 동영상으로 아이와 멀어지지 않으려고
노력하는 아빠의 아쉬운 마음을 아이는 알까?

오늘도 아쉬운 마음으로 나선 출근길, 어젯밤 아내에게 전송받은 사
진과 동영상을 보고 또 보며 아이와 멀어지지 않으려고 애쓴다. 그
속에서 웃고 있는 아이의 순수하고 명랑한 모습을 지키기 위해 발걸
음에 힘을 더해 본다.

좋아해도
배려가
필요해

감사하게도 집 바로 앞에 소은이와 산책하기 좋은 작은 공원이 하나 있다. 아이들이야 집 밖에 나간다면 다 좋아하지만, 집을 나서기 전부터 '멍멍이'를 보러 가자는 걸 보면 소은이는 개를 만나는 것이 좋아서 이 공원을 좋아하는 것 같다.

태어나면서부터 모리와 함께 살아서인지 소은이는 길에서 만나는 개들에 대한 경계심이 별로 없다. 그래서 개를 만나면 "멍멍아!" 하고 큰 소리로 부르며 가까이 가려고 한다. 아무리 착한 개라도 낯선 아이가 큰 소리를 내며 달려오면 놀랄 수밖에 없다. 그래서 우리는 산책길에서 개를 만날 때마다 소은이를 붙드느라 정신이 없다.

"소은아, 멍멍이는 그렇게 큰 소리로 부르면서 갑자기 가까이 가면 싫어해. 멀리서 인사만 하는 거야."

반복해서 설명하지만, 세 살 아이에겐 듣고 나면 금세 잊어버리는 이야기다. 소은이를 보면서 반려동물과 함께 사는 아이들은 동물에 대한 거부감이 없어서 오히려 동물들을 더 힘들게 할 수도 있겠다는 생각이 들었다. 아무리 좋은 마음으로 다가간다 해도 동물들은 위협으로 느낄 수 있기 때문이다. 특히 개의 경우, 아이들의 과장된 몸짓과 목소리에 더 민감하게 반응할 수 있다. 몸집이 작은 아이들이 부주의하게 다가가다 공격당할 위험이 있는 것이다. 그래서 요즘은 산책을 준비하면서부터 미리 조심하자고 주의를 준다.

"소은아, 오늘도 멍멍이 만나면 놀라지 않게 멀리서 안녕 하자. 알았지?"

눈치 없는
모리

소은이도 여느 아이들처럼 까꿍 놀이, 숨바꼭질 놀이를 좋아한다. 소은이가 방에서 "꼭꼭 숨어라. 꼭꼭 숨어라" 노래를 부르면 나는 얼른 방에서 나와 문 뒤에도 숨고, 소파 옆에도 숨고, 이불 속에도 숨는다. 소은이가 "아빠 어디 있지?" 하면서 통통통 발을 구르는 소리, 나를 찾아다니는 모습이 너무 귀여워 들키지 않으려고 더 꼭꼭 숨는다.

그럴 때면 모리는 "형아, 거기서 뭐 해요?" 하는 눈빛으로 내게 다가와 야옹거린다. 나는 당황해서 모리에게 야옹거리지 말고 저리 가라며 손짓하지만, 모리는 내가 오라고 하는 줄 알고 더 크게 야옹거리며 가까이 다가온다.

그래도 소은이는 "아빠 어디 있지?" 하며 엉뚱한 곳만 찾아다닌다. 언제나 모리가 있는 곳에는 아빠가 숨어 있다는 걸 소은이는 아직 모르는 것 같다.

아빠 아니야,
멍멍이
야옹이

　　　　　　　　　일하다 짬이 나면 하루에 한 번 정도 소은이와 영상통화를 한다. 처음엔 영상통화 화면 속 나를 보고 "아빠! 아빠!" 하며 반가워하는 소은이에게 "오늘 뭐 했어? 아빠는 일하고 있어. 멍멍이랑 야옹이 보여 줄까?" 하며 병원에 있는 개와 고양이를 보여줬다. 그러면 소은이는 "멍멍! 야옹!" 소리를 흉내 내며 좋아했다. 아픈 동물을 보여줄 때는 아프다고 설명하고 "소은이가 호~해 줘" 하면, 걱정스러운 얼굴로 "호" 해 줬다.

그런데 언제부턴가 소은이가 "아빠, 아니야. 아빠, 아니야. 멍멍이, 야옹이"라고 말하기 시작했다. 아빠 얼굴은 그만 보여주고 빨리 멍멍이와 야옹이를 보여달라는 뜻이다.

그럴 때마다 "멍멍이 야옹이 아니야, 아빠 봐야지"라며 나를 더 봐 주기를 원했지만, 소은이는 그럴수록 더 큰 목소리로 "아니야!" 했다. 아빠는 동물과 함께하는 사람이라는 걸 소은이가 알아가는 건 기뻤지만, 나보다 동물을 더 좋아하는 것 같아 서운할 때도 있었다.

요즘엔 소은이가 내게 "아빠 빵빵 타고 멍멍이, 야옹이 아야 아야 치료해 줘떠?" 하고 말한다. 내가 하는 일에 대해 엄마가 해 주는 설명을 조금씩 이해하기 시작한 것 같다. 서툰 말솜씨로 아빠가 하는 일에 대해 말하고 모리와 함께 동물병원 놀이를 하는 소은이를 보며, 수의사의 소명을 기억하고 나태해지지 않도록 마음을 다잡는다.

'그래, 오늘도 나는 생명을 살리는 사람이다.'

아빠가
소은이에게

소은아, 아빠는 늘 화목한 가정을 꿈꾸던 사람이었는데, 엄마와 모리 그리고 너를 만나 그 꿈을 이루었어. 그래서 매일 꿈속에서 살고 있지.

네가 엄마 배 속에 찾아왔을 땐 감사한 마음을 담아 너를 "땡큐"라고 불렀고, 네가 태어났을 땐 밝고 따뜻한 사람이 되었으면 하는 바람을 담아 소은(昭誾)이라고 이름을 지었단다. 그렇게 너는 우리에게 감사와 소망으로 다가왔고, 지금까지 잘 자라 주었어. 엄마 젖도 잘 먹지 못해 울면서 힘들어하던 네가 이제 혼자서 밥도 잘 먹고 쿵쿵거리며 뛰어다닐 만큼 튼튼하게 자라서 "아빠, 운전 조심해요" "아빠, 사랑해요" "아빠, 지켜줄게요" 이렇게 예쁜 말을 하고 있다니. 태어나고 크느라 수고한 너에게, 낳고 키우느라 수고한 엄마에게, 이 시간을 잘 견뎌 준 모리에게 고마운 마음뿐이야.

아빠는 미련하게도 네가 힘든 일을 겪지 않았으면 하고 바란단다. 도종환 시인이 <흔들리며 피는 꽃>이란 시에서 "흔들리지 않고 피는 꽃이 어디 있으랴" "젖지 않고 피는 꽃이 어디 있으랴"라고 썼듯이, 꽃은 시련 속에서 더 아름답게 피어나지. 그걸 알면서도 네가 힘들어하는 모습을 볼 자신이 없는 거야. 하지만 마음을 굳게 가져야겠지.

소은아, 흔들리고 젖을 때마다 아빠를 찾아와 주겠니? 네가 아름다운 꽃을 피울 수 있도록 힘이 되어 줄게. 아빠라는 이름을 갖게 해 줘서 고마워. 그 이름의 무게만큼 든든한 사람이 될게. 사랑해.

수의사
형아가
모리에게

모리야, 우리가 어떻게 서로 만나게 되었을까. 나는 인연이라는 말도 잘 쓰지 않는 감성이 부족한 사람이라 '묘연(猫緣)'이라는 단어를 생각하면 손발이 오그라들지만, 너와 우리의 만남을 달리 표현할 방법이 없는 것 같아. 태어나 줘서 고맙고, 우리 집에 와 줘서 더 고마워.

너를 만나기 전에 건강하고, 착하고, 언젠가 태어날 우리 아기와 잘 지낼 수 있는 고양이를 만나게 해 달라고 기도했는데, 너는 우리가 바랐던 것보다 훨씬 더 좋은 고양이란다. 너를 생각하면 감사한 마음이 들고, 보고 있으면 입가에 기분 좋은 미소가 떠올라.

모리야, 너는 단순히 귀엽기만 한 고양이가 아니라 나에게 위로가 되어 주고 용기를 주는 동생이야. 가끔 답답한 마음이 들 때마다, 먹을 것과 꿀잠 한 번이면 기분 좋아지는 네 모습을 보며 복잡하게 꼬인 마음을 풀어낼 수 있었거든.

너에게 나는 어떤 존재일까? 그저 먹을 것을 주는 믿을만한 사람이 아니라 너를 행복하게 해 주는 형아였으면 좋겠다. 안 보이면 자꾸 생각나고, 보고 싶고, 기다려지는 그런 형아 말이야.

우리 가족이 되어 줘서 다시 한 번 고마워. 우리에게 너와 함께한 추억이 많은 것처럼, 너에게도 우리로 인한 추억이 많아질 수 있도록 더 노력할게. 사랑해.

약자를
대하는
마음

수의사의 손과 팔뚝에는 크고 작은 상처가 많다. 치료 과정에서 물리거나 긁히는 일이 많아서다. 초보 수의사 시절엔 다칠 때마다 너무 속상했다. 치료해 주려는 내 마음을 몰라주는 게 억울하고 분했다. '이 아이가 왜 화를 낼까? 내가 불편하게 하는 부분이 뭘까? 어떻게 반응하는 것이 좋을까?'

질문이 반복되면서 내 시각에 문제가 있다는 것을 깨달았다. 질병만 보던 내 눈이 동물들의 불편한 표정과 몸짓을 살피기 시작하니 다쳐도 예전만큼 속상하거나 화가 나지 않았다. '몸도 불편한데 치료가 얼마나 무섭고 싫겠어. 이걸 왜 해야 하는지도 모르는데 말이야.' 그러면서 시간이 흐를수록 동물들의 마음에 공감하려 노력하게 됐다.

집에서 반려동물을 키운다면, 약자를 대하는 마음에 대해 아이와 함께 많은 대화를 해 볼 수 있다. 아이에게 지시하는 대신 질문을 던지며 윤리적 사고를 할 기회를 주는 것이다.

"지금 모리 기분이 어때 보여? 소은이는 재밌어서 한 장난이라도 모리가 싫어하면 어떻게 해야 할까?"

"모리에게 위험한 물건이 바닥에 있으면 어떻게 하면 좋을까?"

"모리가 소은이한테 뭐라고 말하는 것 같아?"

내가 동물 환자들에게 공감하게 되었듯, 소은이도 모리와 공감하길 바라며 이런 질문을 해 본다. 부모가 반려동물을 사랑하고 아끼는 모습을 보여주며 이런 대화를 나눈다면, 아이들도 약자를 배려하고 다름을 존중할 줄 아는 따뜻한 사람으로 자라지 않을까.

함께여서
참
좋았어

　　　　　　　　　동물병원에서 일하다 보면 부부가 신혼 때 데려와 애지중지 키우던 고양이가, 아기가 태어난 후 아픈 경우를 많이 본다. 고양이에겐 아기의 등장이 가장 큰 스트레스겠지만, 부부가 초보 부모로서 육아의 어려움을 겪다 보니 예전보다 보살핌에 소홀해지는 탓도 있다.

우리 역시 그토록 모리를 예뻐했지만, 소은이가 태어나고 1년간은 이전만큼 관심을 쏟기 어려웠다. 신생아를 키우는 아내는 먹고, 자고, 화장실에 가는 생리적 욕구조차 제대로 챙길 수 없을 만큼 여유가 없었고, 나는 직장에서 돌아오면 지친 몸과 마음을 추스를 시간도 없이 남은 집안일을 해야 했다. 출산과 동시에 이전엔 경험해 보지 못한 새로운 역할을 감당하면서, 육아란 부족한 자신을 발견하고 인정하면서 부모로 성숙해가는 어렵고 힘든 과정임을 깨달았다.

우리도 SNS 속 사진을 보며 아기와 고양이의 아름다운 공존을 기대했었다. 그런데 그런 풍경은 신기루처럼 짧은 순간 나타났다 사라지곤 했다. 그래도 그 순간이 주는 위로 덕분에 끝없는 육아의 수고로움을 잊고, 다시 힘을 낼 수 있었다.

아기는 잘 키워서 독립시켜야 하는 존재인 반면, 고양이는 하늘의 별이 되는 날까지 평생을 책임져야 하는 존재다. 소은이가 어른으로서 독립하는 날, 그리고 언젠가 모리가 하늘로 떠나는 날-그렇게 육아와 육묘가 끝나는 날에 담담하고 따뜻하게 말해주고 싶다.

"우리, 함께여서 참 좋았어, 고마워."

김동건

생명을 살리는 일을 하고 싶어 임상수의사의 길을 선택했다. 2010년 수의 장교로 군 복무를 마친 후, 동물병원 세 곳에서 수의사로 일하다 2017년 친구와 함께 그레이트동물병원을 개원했다. 사랑하는 아내와 착한 고양이, 귀여운 딸을 만나 행복한 가장이 되었고, 가정과 일터에서 진실하고 성실한 삶을 살기 위해 고군분투하고 있다.

SNS: www.instagram.com/vet_kdg

가장 보통의 가족
고양이 모리, 딸 소은이와 함께 자라는 수의사의 육아육묘 일기

ⓒ 2020. 김동건

초판 1쇄 인쇄 2020년 10월 16일 │ 초판 1쇄 발행 2020년 10월 23일

지은이 김동건
펴낸이 고경원 │ **편집** 고경원 │ **디자인** Studio Marzan 김성미

펴낸곳 야옹서가 │ **출판등록** 2017년 4월 3일(제2020-000107호)
주소 서울시 마포구 월드컵북로 400, 5층 23호
전화 070-4113-0909 │ **팩스** 02-6003-0295 │ **이메일** catstory.kr@gmail.com

ISBN 979-11-91179-01-9 (03810)

이 도서의 국립중앙도서관 출판예정도서목록(CIP)은 서지정보유통지원시스템 홈페이지 (http://seoji.nl.go.kr)와 국가자료종합목록 구축시스템(https://kolis-net.nl.go.kr)에서 이용하실 수 있습니다. (CIP제어번호: CIP2020043090)

이 도서는 중소벤처기업부와 소상공인시장진흥공단에서 추진, 전담하고 서울인쇄정보산업협동조합에서 운영하는 서울을지로인쇄소공인특화지원센터의 우수출판 콘텐츠 제작 지원사업에서 지원받아 제작되었습니다.